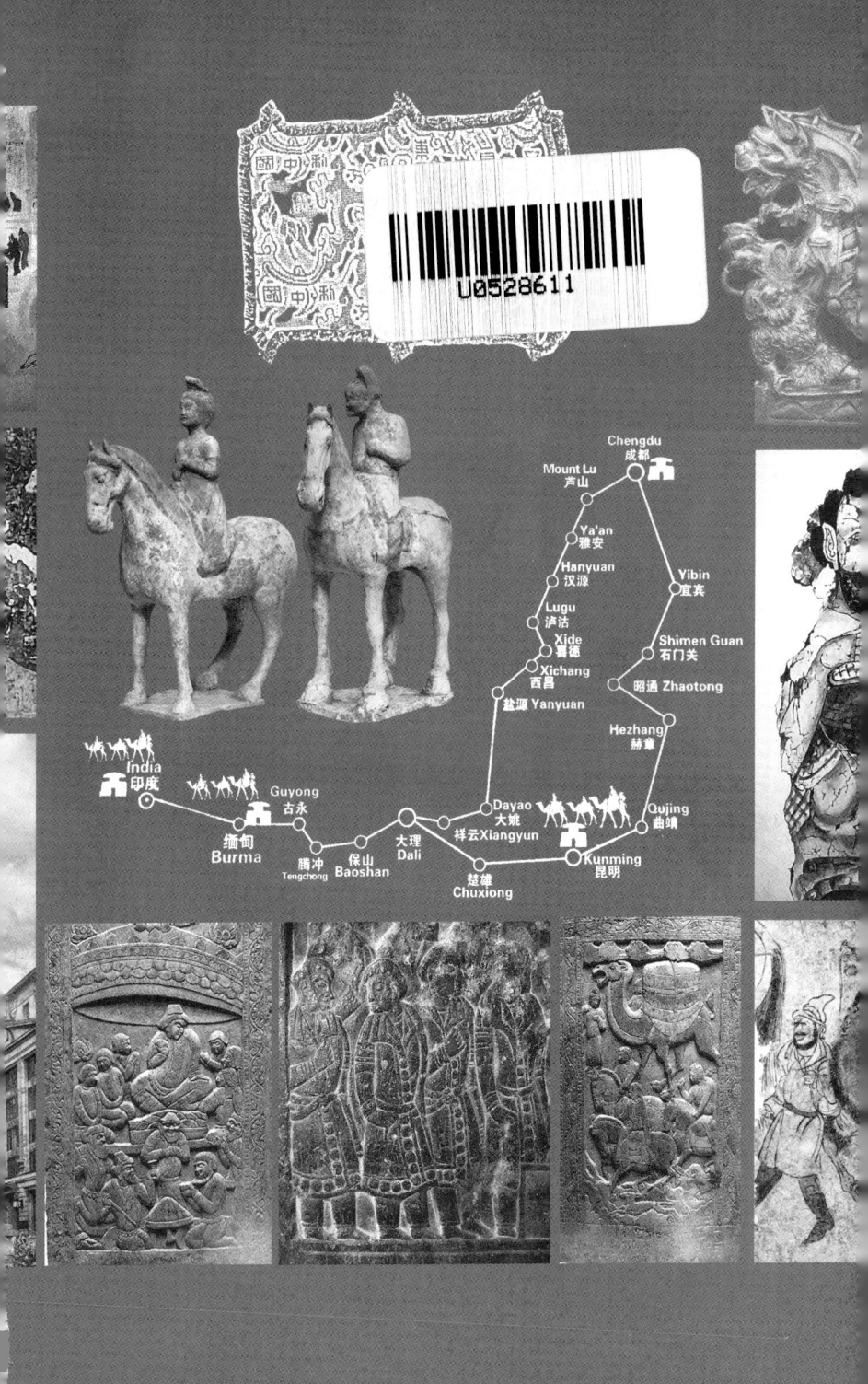

Chengdu 成都
Mount Lu 芦山
Ya'an 雅安
Hanyuan 汉源
Lugu 泸沽
Xide 喜德
Xichang 西昌
盐源 Yanyuan
Yibin 宜宾
Shimen Guan 石门关
昭通 Zhaotong
Hezhang 赫章
India 印度
Guyong 古永
缅甸 Burma
腾冲 Tengchong
保山 Baoshan
大理 Dali
Dayao 大姚
祥云 Xiangyun
楚雄 Chuxiong
Kunming 昆明
Qujing 曲靖

冻年古树，一棵是桑树，另一棵也是桑树。

："为了纪念中国一项伟大的天才发明，它改变了千年来世界金融史。"
英国人而言，那是一个遥远的东方文明古国。

时代"无疑是其中的主题词。"交子——成都——世界"，就像放风筝一般，风筝飞得再高，而那交代？安禄山、史思明引发安史之乱时，成都在哪里？作为汉萨同盟的总部所在地，吕贝克的命运下独特的"商元素"。

1024—2024，世界第一张纸币交子诞生地成都，以及千年来的世界

下卷

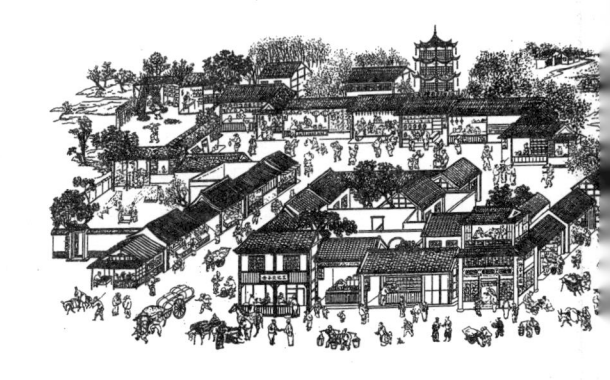

章夫 著

四川人民出版社
成都时代出版社

图书在版编目（CIP）数据

1024—2024,世界第一张纸币交子诞生地成都,以及千年来的世界/章夫著. -- 成都：四川人民出版社：成都时代出版社,2025.1. -- ISBN 978-7-220-13974-1

Ⅰ.I25

中国国家版本馆CIP数据核字第2024EX6531号

1024—2024, SHIJIE DI-YI ZHANG ZHIBI JIAOZI DANSHENGDI CHENGDU, YIJI QIANNIAN LAI DE SHIJIE

1024—2024，世界第一张纸币交子诞生地成都，以及千年来的世界 （下卷）

章 夫 著

出 版 人	黄立新
责任编辑	唐 虎　勒静宜　邹 近
封面设计	李其飞
整体创意	朱 勇　唐 倩
肖 像 画	向以桦
特约校对	北京圈圈点点文化发展公司
责任印制	周 奇
出版发行	四川人民出版社（成都市三色路238号） 成都时代出版社
网　　址	http：//www.scpph.com
E-mail	scrmcbs@sina.com
新浪微博	@四川人民出版社
微信公众号	四川人民出版社
发行部业务电话	（028）86361653　86361656
防盗版举报电话	（028）86361653
制　　版	成都完美科技有限责任公司
印　　刷	四川机投印务有限公司
成品尺寸	145mm×210mm
印　　张	23.75
字　　数	558千
版　　次	2025年1月第1版
印　　次	2025年1月第1次印刷
书　　号	ISBN 978-7-220-13974-1
定　　价	99.00元（全三卷）

■ 版权所有·侵权必究

本书若出现印装质量问题，请与我社发行部联系调换
电话：（028）86361656

目录

下卷

交子，以及千年来的世界

第11章 丝绸之路，一路向南

丝，丝绸，与丝绸之路	496
大唐和尚笔下的故事	503
少城、锦城与女红	510
锦上添花，惟蜀是耳	517
一个异乡人眼里的锦绣	525
南丝路成都段勘行书	535

本章词条：丝绸之路，南方丝绸之路，提花织机，蜀锦，万里桥，茶马古道

第12章 粟特人留下的"商元素"

找寻粟特人	543
出色的语言天赋和商业禀赋	549
悠扬而空灵的驼铃声	556
粟特人的黄金时代	564
"安史之乱"中的安禄山、史思明	573
粟特人去向何方？	582

本章词条：粟特人，张骞通西域，新月地带，唐朝十大胡人名将，安史之乱，唐玄宗

第13章 司马迁撰史下的"蛋"

开历史先河的"素封"	589

范蠡的"进"与"退"	599
天下只有"陶朱公"	605
一个商人的华丽转身	611
吕不韦的"政治经济学"	616

本章词条：司马迁《悲士不遇赋》，范蠡，范蠡经济思想，吕不韦，《吕氏春秋》

第14章 我看到了北宋的影子

德国马克上的"那道门"	622
"老大"的地位，是打出来的	629
三位老人和"七个尖塔"	636
是什么成就了这座小城？	644
吕贝克立下的"规"与"矩"	652
一枚中世纪的勋章	660

本章词条：吕贝克，汉萨同盟，哥特式建筑，吕贝克法，条顿骑士团，宋朝海上贸易

第15章 白银时代震荡波

银行后花园的秘密	666
金匠银行家的困局	674
一场以白银为主角的谜案	681
漫长而短暂的白银时代	691
"钱庄"与"银行"的生动缩影	699
以明代为例	707
白银拖垮了大清	715

本章词条：英格兰银行，英国东印度公司，张献忠，白银时代，钱庄

参考文献	718
后　记	721

交子,以及千年来的世界

公元初,罗马人普林尼在其著作《自然史》中,专门讲到丝和丝绸。

普林尼通过想象,说丝就生长在树上,人们把丝从树叶上取下,经过漂洗,再纺织成丝绸。

丝绸再经过几万里艰辛的路途,最后才运到罗马。

到了罗马,丝绸的价值倍增,成为罗马贵族们最豪华最珍贵的衣料。

很长一段时间,欧洲人都不知道,丝绸从蚕丝而来,更不知道还有养蚕缫丝一说。

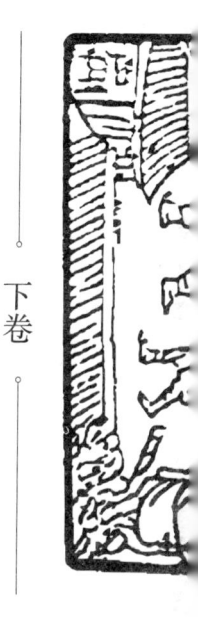

第11章 丝绸之路，一路向南

丝，丝绸，与丝绸之路

1872年秋，银杏叶如金黄色细雨一般，纷纷飘飞在成都的大街小巷，令这座城市的秋天充满别样的活力。就在这金色的秋天里，一个大胡子、高鼻梁的洋人，兴致勃勃地将一片一片"19世纪的银杏叶"捡起来，叠得整整齐齐，放入他随身携带的包里。这个大胡子洋人，就是德国地理学家李希霍芬（全名费迪南·冯·李希霍芬）。这是李希霍芬平生第一次来到成都。在他的笔下，成都人穿着得体，丝绸成为有钱人普遍使用的衣料；城内许多店铺出售绸缎、皮毛、银饰、宝石等商品。他还特别说到，成都是丝绸的交易中心，"川丝的买卖成交最大，它是成都府店铺中最特出的货品"，并盛赞"都江堰灌溉方法之完善，世界各地无与伦比"。

满大街的商业气息和丝绸元素，令李希霍芬意外且惊喜。他给友人写信时也不禁赞扬："成都是中国最大的城市之一，也是最秀丽雅致的城市之一……街道宽畅，大多笔直，相互交叉成直角。"街道两旁房屋墙壁处处可见的壁画、雕塑，让他欣喜不已：

蜀中丝织业发达，作为相关产业交易会的蚕市也应运而生，而且和所有的交易会一样，成为一个盛大节日。一到蚕市，成都以及周边县市的男女老少都会跑到这里来，一方面是求神拜佛，"祈求田桑"，另一方面则是将其当成盛大庙会，人人穿红着绿，游人如织。（李希霍芬《四川记》）

这种艺术情趣在周围郊区随处可见，所有的旅游者无不为其精湛的艺术而感到惊异……其中一些不愧是中国的艺术杰作。这种优美，在人民文雅的态度和高尚的举止上表现得尤为明显。成都府的居民在这方面远远超过了中国其他各地。（李希霍芬《中国：我的旅行与研究》第三卷）

李希霍芬在《四川记》中盛赞成都是中国最大的城市之一，也是最秀丽雅致的城市之一。随后，他转入嘉定（乐山），经岷江，顺流长江返抵上海，途中对三峡地区进行考察。

李希霍芬先后7次徒步中国。从1868年到1872年，他以上海为基地，对大清18个行省中的13个进行了地理、地质考察，足迹遍及广东、江西、湖南、浙江、直隶、山西、山东、陕西、甘肃、四川、内蒙古诸省区。对中国的山脉、气候、人口、经济、交通、矿产等进行了深入探查。在记录其中国考察成果的五卷本传世巨著《中国——亲身旅行和据此所作研究的成果》中，第一个指出了罗布泊的位置，提出了著名的黄土成因说。至今，德语中的"祁连山脉"依然被称为"李希霍芬山脉"。

更为重要的，"丝绸之路"这个今天世界认可并通用的名称，是李希霍芬首创的。李希霍芬把从长安到中亚河中地区（锡尔河与阿姆河之间）的道路称为"丝绸之路"，并把张骞第二次出使西域回到长安的次年（前114）定为"丝绸之路"的开始。1910年，德国历史学家赫尔曼主张，丝绸之路应该包括通往叙利亚的道路。

公元前2世纪以来，中国的丝绸从缅甸经印度到达阿富汗，远及欧洲。两千多年以来，我们没有想到用一个词来作为所有东西方交通道路的统称，直到德国地理学家李希霍芬的出现。当他来到中国时，历史的印痕让他兴奋莫名。一路走来，李希霍芬在脑海里不断搜寻与总结，提出一个个问题：是什么串连起了汉代中国和中亚南部、西部及印度？是什么搭建起了东西贸易的桥梁？又是什么穿针引线一般，连接起若隐若现的东西方交通线路？

恍然间，李希霍芬似乎找到了答案。历时上千年，纵横数万里，各类人物影影绰绰，各种货物不计其数，但有一种货物是独一无二且不可取代的，那就是丝绸。有着"软黄金"之称的中国丝绸，不仅价格昂贵，还是身份的象征。丝绸贸易不仅是实力雄厚的体现，且具有极其重要的标志性意义。

那么，这一条条淌金流银的路，究竟该怎么称呼呢？李希霍芬脑海里，"丝绸之路"四字，倾泻而出。

是的，只有集华丽、富贵于一身的丝绸，才能匹配这条贯穿世界的财富路。后来，李希霍芬的弟子斯文·赫定，以及马尔克·奥莱尔·斯坦因等人，又跟随李希霍芬的脚步，多次考察丝绸之路，大大丰富了其内涵和外延。19世纪末的中国西部，从地理发现时代进入考古发现时代，一系列以挖掘宝藏为名，云集而来的探险家，印证了李希霍芬提出的丝绸之路。斯坦因沿着整个丝绸之路从甘肃一直挖到伊朗，收获颇丰。

就这样，丝绸之路应运而生，成为学界、政界、经济界等社会各界公认的专有名词。当时间运行到20世纪初的1910年，德国另一位历史学家赫尔曼考察了中国和叙利亚之间的古代丝绸之路后，其专著的标题上就直接出现"丝绸之路"的名字，而且他还把丝绸之路的范围扩大到了地中海和小亚细亚，这一道路就是中国古代经由中亚通往南亚、西亚以及欧洲、北非的陆上贸易交往之路，因以丝绸和丝织品交易为中心，所以称为"丝绸之路"。在香港城市大学原校长张信刚教授眼里，"丝绸之路"已经不是一条简单的路径，而是一个交通网络，他将这个庞大复杂的交通系统，科学地分解成了四条路（或四个分系统）：

第一条在亚欧大陆的北方草原上。在西伯利亚针叶林区和蒙古高原北部之间横贯着一条比较平坦而干燥的草原地带。这个狭长的地带东起大兴安岭，向西经过北蒙古草原、哈萨克草原（锡尔河之北）、南俄罗斯草原（里海与黑海之北），一直到多瑙河。自从六千年前马在黑海以北被驯化以后，一个主要是东西向的道路系统就大致沿着这个草原带发展了出来。这是亚欧大陆北方草原上游牧人口来往的路径，被称为"草原丝绸之路"。马匹最早就是通过"草原丝绸之路"由游牧人口从欧洲带到亚洲来的。

第二条在草原丝绸之路之南，也是东西向，是由定居人口发展起来的。它把散布东亚、中亚、西亚各地的城镇和沙漠绿洲串联了起来，所以又叫作"绿洲丝绸之路"（即李希霍芬最早提出来的那条"丝绸之路"）。

第三条主要是南北向的道路网。它把北边的河西走廊、陇中、陇南和汉中地区跟南方的青海、川藏、云贵地区以及再往南的南亚次大陆、中南半岛连接起来。上面提到的两条东西向的丝绸之路网络分别处于寒带和温带，而这个南北向的道路网则是把温带和热带连接起来，被称为"南方丝绸之路"。

第四条是各地的沿海居民发展出来的"海上丝绸之路"。亘古以来（至少是一万年前），航海用的船有的是动物皮革做成的，有的是木筏或竹筏；先是划桨，后来用风帆。不同地区的沿海居民沿着亚洲大陆的海岸线不停地往远处延伸，逐渐形成了一个包括西太平洋、南海、印度洋以及红海在内的海上网络。由于印度洋上有便于航海的季候风，又由于它位处亚洲与非洲之间，所以它自然就成了亚、非大陆各地之间海上交通的枢纽。特别值得一提的是，印度洋上的航船可以通过马六甲海峡进入爪哇海和南海；通过霍尔木兹海峡进入波斯湾；通过亚丁湾和曼德海峡进入红海以及地中海。（张信刚《丝绸之路的昨天、今天、明天》）

随着众多考古学家、历史学家的加入，长长的"丝绸之路"上，随时都在诞生新的思维、新的概念、新的发现。直到后来，"丝绸之路"已经不再只是一条路，而是一个"路系"之后，可能连李希霍芬自己也没想到，是他，用一个概念打开了古老世界的大门。

中国境内的丝绸之路上有很多古遗迹，现在还保留着汉长城。敦煌西北的长城，西北建了玉门关，南边建了阳关，所有商人都必须通过"两关"，形如中国通向西方的古代丝绸之路的两道大门。

成都虽然让李希霍芬大开了眼界，但他可能没想到的是，他所到的这个地方，不仅是"丝"的发源地，而且还是南方丝绸之路的起点。南方丝绸之路总长有大约 2000 公里，以成都为起点，经雅安、芦山、西昌、攀枝花，到云南的昭通、曲靖、大理、保山、腾冲，从德宏出境，进入缅甸、泰国，最后到达印度和中东。

词条　丝绸之路

丝绸之路简称丝路，一般指陆上丝绸之路，广义上包括陆上丝绸之路和海上丝绸之路。狭义的"丝绸之路"是指起始于古代中国长安或洛阳，经甘肃、新疆，到中亚、西亚，并连接地中海各国的陆上通道。丝绸之路起点是以国都为准的，西汉时期起点在长安（今西安），东汉时期起点在洛阳，其间丝绸之路第一次延伸到欧洲。魏晋南北朝有洛阳、长安、平城、邺城等多个起点，还一度以建康（今南京）为起点。隋唐起点为大唐西市、开远门和隋唐洛阳城，北宋为开封。丝绸之路的最初作用是运输中国古代出产的丝绸。1877年，德国地质地理学家李希霍芬把"从公元前114年至公元127年间，中国与中亚、中国与印度间以丝绸贸易为媒介的这条西域交通道路"命名为"丝绸之路"，这一名词很快被学术界和大众所接受，并正式运用。

大唐和尚笔下的故事

丝绸之路的主题词,是要有"丝"。"丝由蚕来",最初的那一根丝如何而来?就要回到浩渺的古蜀历史中去探寻。

丝绸的生产,包括几个最重要的环节,首先是养蚕,其次是缫丝,再是织成丝绸,中间还包括染色,或者加入一些特殊的工艺,例如织花、压花。其中,养蚕是第一步。在中国,传说中最早养蚕的是嫘祖。相传嫘祖为古代蜀女,轩辕黄帝的元妃。"黄帝居轩辕之丘,娶于西陵氏之子,谓之嫘祖氏,产青阳及昌意。"(《大戴礼记·帝系》)如今,四川盐亭县还存有嫘祖庙,用以供奉。在此相继出土有蚕桑文物、化石、嫘祖文化遗迹,包括唐代嫘祖圣地碑等。

两千多年前,在西方人的眼里,中国就是丝之国。有意思的是,欧洲人最早并不知道丝绸是怎么生产出来的。公元初,罗马人普林尼在其著作《自然史》中,专门讲到过丝和丝绸。他通过想象,说丝就生长在树上,人们把丝从树叶上采摘下来,经过漂洗,再纺织成丝绸。丝绸经过几万里艰辛的路途,运到罗马。到了罗马,丝绸的价值倍增,成为罗马贵族们最豪华最珍贵的衣料。

很长一段时间,欧洲人都不知道,丝绸从蚕丝而来,更不知道还有养蚕缫丝一说。

大唐和尚玄奘在《大唐西域记》卷12，讲到瞿萨旦那国（古西域国名，意为"地乳"），其中一段，就提到了一个与蚕和蚕种相关的故事：

王城东南五六里，有麻射僧伽蓝，此国先王妃所立也。昔者此国未知桑蚕，闻东国有也，命使以求。时东国君秘而不赐，严敕关防，无令桑蚕种出也。瞿萨旦那王乃卑辞下礼，求婚东国。国君有怀远之志，遂允其请。

玄奘在故事里讲，瞿萨旦那国这个地方，先前不知道养蚕，听说"东国"有桑蚕，于是派了使节去求取。可是东国的君主不愿意让蚕种传到国外，为此还下达了严格的命令，禁止任何人把蚕种带出国。瞿萨旦那王只好另想办法，他准备了礼品，用恭顺的言辞，请求东国君主把公主下嫁给自己。东国君主为了笼络瞿萨旦那王，就答应了后者的请求。

瞿萨旦那王命使迎妇，而诫曰："尔致辞东国君女，我国素无丝绵桑蚕之种，可以持来，自为裳服。"女闻其言，密求其种，以桑蚕之子置帽絮中。

于是瞿萨旦那王派出使节，到东国迎娶公主。瞿萨旦那王让迎亲的使节告诉公主，瞿萨旦那国没有丝绵，更没有蚕种，请公主把蚕种带来，以后才好自己制作衣裳。东国公主听了这话，悄悄地在帽子的丝絮中藏放了一些蚕卵。这样做了以后，公主出嫁

第11章 丝绸之路，一路向南

的队伍就出城了:

  既至关防,主者遍索,唯王女帽不敢以验。遂入瞿萨旦那国,止麻射伽蓝故地。方备仪礼,奉迎入宫。以桑蚕种,留于此地。阳春告始,乃植其桑。蚕月既临,复事采养。初至也,尚以杂叶饲之,自时厥后,桑树连阴。

  队伍到了城门关,守城的官员一一检查,所有的地方都检查完了,只有公主的帽子不敢查验。于是蚕种就被带到了瞿萨旦那国,放置在麻射僧伽蓝。到了春天,人们种上了桑树,桑树渐渐生长。养蚕的季节来临之时,人们又养上了蚕。只是最初时桑树不多,也用过一些其他的树叶喂养桑蚕,后来桑树多了,连成了一片树林。

  这个时候,公主——现在已经成为王妃——下达了命令,不准伤害桑蚕:

  王妃乃刻石为制,不令伤杀。蚕蛾飞尽,乃得治茧。敢有犯违,明神不祐。遂为先蚕建此伽蓝。数株枯桑,云是本种之树也。故今此国有蚕不杀,窃有取丝者,来年辄不宜蚕。

  王妃的命令,刻在石碑上,成为制度,不让任何人伤害桑蚕。只有在蚕蛾飞尽后,才可以处理蚕茧。如果违反,神不保佑。王妃为这些最早的蚕种修建了一座寺庙,就是麻射僧伽蓝。最早的那几棵桑树已经枯萎。因此,在瞿萨旦那国,是不杀蚕虫的。如果有人偷着从有蛾的蚕茧取丝,来年的蚕就养不好。

这真是一个有趣的故事。故事很动听，起承转合也很有感染力。

历史上蚕种以及养殖桑蚕的技术，是什么时候传到西方，怎么传到西方，从来没有确切的记载。玄奘所讲的故事，不知是演绎还是真有其事，却在一定程度上反映了蚕种西传中的某些事实。无论如何，我们也可从故事中体会到丝绸的珍贵。

说到蚕桑、丝绸以及"南方丝绸之路"，一定绕不开古蜀王"蚕丛"。

"蚕丛及鱼凫，开国何茫然。尔来四万八千岁，不与秦塞通人烟。"这是李白《蜀道难》中的诗句。在博学多才的李白眼里，比剑门蜀道更难的，自是通往古蜀历史的那条诡异莫测的蜀道。对于"蚕丛及鱼凫"的茫然追寻、竭力想象和无尽沉湎，他只能用"四万八千岁"做出一个文人极大的而又具象的夸张。从古蜀先王蚕丛往前追溯，是中国的人皇时期。

蜀之先，名蚕丛，教民蚕桑。（西汉·扬雄《蜀王本纪》）

蚕丛都蜀，衣青衣，教民蚕桑，则蜀可蚕。（明·徐光启《农政全书》）

根据种种史料信息及三星堆、金沙、茂县营盘山及汶川姜维城等古蜀遗址出土文物的体认，我们大致可以作如下梳理。黄帝与西陵氏、蜀山氏蚕族联姻的结果是，一个新的强大的氏族出现在了岷山地区，它的名字叫"蚕丛氏"。三星堆遗址所出土的纵目神等充满异相的青铜文物，正是蚕丛时代的图腾。

作为一个氏族的首领，蚕丛氏白天率领她的子民在山间水边植桑养蚕、缫丝织衣，夜晚在山崖石窟里，想着怎样在更大的空间发展自己的事业、成就氏族的功名——她大约想得很远，但她即或在梦中也一定没想到，将成都"变脸"为锦城的样子。苦思冥想后她终于明白了一个道理，即氏族的强大必须以经济作基底，而经济又必须打响一个主业品牌。

我们今天只能用现代人的思维来揣摩古人，虽然话语方式早已不再相同，但其中的内在因果和行为逻辑，应该是相差不大的。可以想象，蚕丛氏的"深挖洞、广积丝、再称霸"思路获得了大多数核心成员的认可。于是，他们决定在嫘祖基础上，从植桑、养蚕、工具、品种、质量、手艺等方面更新蚕桑技术，发展生产力，扩大再生产，使蚕丝业获得更大的丰收。

于是，蚕丛氏的劳动成果桑蚕，成了与异族进行以物易物的商业活动，进而获得所需的基本物资。此外，蚕丛氏还在精神和宗教上下了一番功夫，用"蚕"的图腾崇拜凝聚共识，使其成为维系和发展本族部落的精神内核。

除"教民蚕桑"的蚕丛外，古蜀最初的三代统治者——教民捕鱼的鱼凫，教民务农的杜宇，为民治水的开明——无不一以贯之，以蚕丝业为依托，多种经营，达到锦上添花的效果。

关于国破后战败的蚕丛氏的去向，司马迁说去了"姚、嶲等地"。姚是云南姚安，嶲是四川西昌，当属云南、四川南部一带。我们不难判定，正是蚕丛氏逃亡隐身路线，成就了最初的"南方丝绸之路"——蚕丛氏为沿线人民，带去了那吐丝如云可享荣光的天虫。

那个时代，不特蚕丛氏南逃的路线初开了南方丝绸之路，杜宇从朱提（今云南昭通）一带入主成都平原的路线，鳖灵从云南入川的路线，以及拒不降秦的蜀王子安阳王率将士三万南迁，过云南，达交趾（今越北红河地区），建安阳国，称雄百年的路线，无不增添着南方丝绸之路的宽度、长度、深度和色彩——从很早开始，它就已经超出了我们的想象，一路延伸到了西亚。

词条 南方丝绸之路

泛指历史上不同时期四川、云南、西藏等中国南方地区对外连接的通道，包括历史上有名的蜀身毒道和茶马古道等。据英国人哈维的《缅甸史》、霍尔的《东南亚史》等著作记载，公元前2世纪以来，中国的丝绸从缅甸经印度到达阿富汗，远及欧洲。《史记·西南夷列传》载，汉武帝建元六年(前135)，唐蒙出使南越，拜为中郎将通夜郎、西南夷。南方丝绸之路的东线为从四川经贵州、广西、广东至南海的"牂牁道"，或称为"夜郎道"。南方丝绸之路的中线为从四川经云南到越南和中南半岛的交通线，历史文献记载为"步头道"和"进桑道"。南方丝绸之路的西线为从四川成都经云南至缅甸、印度并进一步通往中亚、西亚和欧洲地中海地区的"蜀身毒道"。

少城、锦城与女红

为什么南丝路偏偏以成都而不是其他城市为起点呢?其主要原因是成都这座繁华的城池,除拥有"蚕丝源地"身份和出色的女红技艺外,在战国时代即筑有规模宏大的"织锦厂"锦官城和"丝绸市场"少城。正因为如此,即便南丝路一队一队马帮的蹄声、骆驼的铃声昼夜响彻,矗立在商人面前的依然是一座"驮不空的成都"。

秦并巴蜀后,非常重视成都的建设与发展,把它作为西南第一重镇来打造,决心使成都成为秦王朝的军事堡垒和经济大后方。周赧王四年(前311)秋天,张仪、张若依龟迹仿咸阳城规制始筑用作军事政治中心的大城后,在大城西侧筑"商贸中心"少城的同时,为增加官方生产能力,在大、少二城之西南外筑了生产蜀锦蜀绣的锦官城,西汉时又筑了生产皇家战车的车官城与锦官城隔河相望。锦官城、车官城形如大城和少城外边的卫星城。

"亚以少城,接乎其西。"(左思《蜀都赋》)少城是相对于大城大而言的,即小城的意思,其东城墙根紧倚大城。在"移秦民万家实之"的动作下,大城中住进了秦地来的"国家公务员","少城"中除少量的秦地来的管理市场的官员和豪商外,大多数为生产和经营蜀锦、蜀绣、漆器、铸铁、盐、银丝、竹编等产品的巴蜀本土商贾和手工业者。被称为"锦市"的专营"锦"的市场，就设在少城里。

与大城壁垒森严、一脸严肃的面孔不同，少城内各国各族商贾云集，游人熙攘，店肆林立，车水马龙，热闹无比。

有俯瞰天下胸怀和野心的秦国知道，仅仅靠民间力量在少城内小打小闹地搞织造业是远远不够的，必须采取计划经济与市场经济相结合的手段，官方独家投资，设置一个专门的国家丝织厂（作家李劼人先生称其为成都织锦业的"特别工业区"）作为囤积财富的出口产品生产基地。为突出核心产品，朝廷为基地特地取了一个诗意的名字——"锦官城"，简称"锦城"。令今人遗憾的是，因为时间太过遥远，关于何人为这座制造之城题字、揭匾、挂牌的记载，竟被时光这座字库塔不遗一字地收走了。

对于锦城的所在地，历代古籍多有记载：

锦城在益州南，笮桥东，流江南岸，皆蜀时故锦官处也，号锦里，城墉犹在。（李膺《益州记》）

（夷里桥南岸）道西有城，故锦官也。（《华阳国志》）

（夷里桥道西）故锦官也。言锦工织锦则濯之江流，而锦至鲜明，濯以他江，则锦色弱矣，遂命之为锦里也。（《水经注》）

《华阳县志》说："杜工部'丞相祠堂何处寻，锦官城外柏森森'，此乃诗人隶事之词，非考古之实。抑或工部时锦官城遗址尚在，而丞相祠堂正当笮桥东流江南岸，与锦官城相近则亦未可知也。"据此看来，直到唐代时锦城遗址都有可能尚存，其具体位置在当时的"流江南岸"，即今锦江南岸一带，距离武侯祠不远之处。

筑城时，李冰尚未治理都江堰，成都有两江平行地自然绕城而过，一条是沱江，另一条就是流江。

秦国及以后的秦王朝将全国唯一的锦官城定址在成都，这自然是成都的绝对资源优势决定的。定址成都后，把锦官城建在笮桥南岸一片临江的开阔地上，也是颇有讲究的。筑城决策者选择织锦之地的唯一准则，是以锦为本，而非以风水、交通、成本等为本。

锦官们令织锦技师和织锦女工遍漂锦帛后发现，只有"流江笮桥"附近的水才最出效果——它的干净度、温度、流速、化学含量构成等，不仅使蜀锦织成后在漂练工序中达到脱胶与漂白的效果，还可使其纹理更加清晰，色泽更加鲜丽，宛如花儿初绽。这道漂锦的工序，就是左思《蜀都赋》记载的"贝锦斐成，濯色江波"。

自此以后，流江成都段就被称为"濯锦江"，简称"锦江"。

锦城城垛里的一切都是神秘的，包括织锦技艺、设备工具、生产规模以及织女的身段、容颜与手。于是，每当蜀锦织成，数千锦女手把蜀锦，款款出城，来到江边濯锦，锦江北岸就里三层外三层站满了阅美、打望的人。锦女们有的在水边濯锦，有的把锦拿回城中搭在一望无边的高高的锦架上晾晒。那时，微风拂起了锦女的长发和裙裾，傍晚的霞光把锦女袅娜的身影投于江水，与随锦女纤手与腰身起落的长锦形成错位、交叠、倒置和反飞的奇妙景趣。

一匹又一匹五颜六色的蜀锦在锦女手心舒展开去，就像一尾又一尾色彩斑斓的鱼儿被仙女放生。这个让人迷恋的场景会一直进行到夜色浓密、雾霭笼来，锦女背江回返，在北岸的想象中折进她们的生活社区"锦里"，才人散江静，复归原态。

唐人刘禹锡在《浪淘沙》中，曾经精彩地描述过濯锦的幻妙情形：

濯锦江边两岸花，春风吹浪正淘沙。
女郎剪下鸳鸯锦，将向中流定晚霞。

刘郎写这首诗时，他想象的江堤边一定浮出了浣纱女西施朦胧的丽影。那个年代，守望锦官城里的织女出城濯锦，是成都市民游娱生活中的一件大事，也是民间对锦官城里神秘事项的擦边打探和对以锦绣为代表的所有有关女红鲜活记忆的长久锁留。人文锦城的无限变大，其结果是，慢慢地，这个扑满女红胭脂和技艺的名字，就成为整个成都城池的美丽指代了。

蜀地锦绣是温软的，锦城女红是温软的，只是它们不知道，自己变换出来的沾满南丝路露珠和车马味的大量外汇，实为秦国统一天下出了大力。

女工们在锦官城里生产的蜀锦蜀绣产量，应该是非常巨大的，我们仅从蜀汉时期的几则实例中就可略知一二。公元211年，占据荆州一带的刘备进军到涪城（今绵阳）后，四川最高行政官益州牧刘璋需他帮助抵抗汉中张鲁，便送了他不少的粮食、战马和锦、缯、絮、帛等丝织品。《太平御览》记载，公元214年，刘备占领益州，打开刘璋的仓库，发现丝织品的库存很大，一次就赏赐给诸葛亮、关羽、张飞、法正等人蜀锦各一千匹。刘备几次"联吴抗魏"就几次送锦给吴，《吴记》中说，公元222

年那次"蜀遣使吴,赍重锦千端"（一丈八尺为一端）。后主刘禅也曾以蜀锦赠送吴国豪强张温,借此笼络感情。曹魏买的蜀锦,不仅用于与西北少数民族交换战马,还当作珍贵礼品馈赠外国。公元238年,魏明帝曹叡赠送邪马台女王礼物中就有绛地交龙锦五匹、绀地句文锦三匹,前者是以绛色作铺地锦加上交龙花纹,后者是以绀色作铺地锦加上句曲花纹。到蜀汉灭亡时,国库中尚存"锦、绮、彩、绢各二十万匹",可谓惊人。

纺织、浆染、缝纫、刺绣、鞋帽、编结、剪花、面花、玩具……蜀地女红的杰出人物是嫘祖、蜀王氏女和蚕丛,产品是蚕、桑、锦、绣品。从古至今,很多漆工甚至漆艺大师也是女儿身,如果你嗅觉灵敏,一定能在那些精美的成都漆器的沟壑纹理中,嗅到一缕女子肌骨的遗香。《后汉书》对西汉女红的描述是"蜀地……女工之业,覆衣天下"。因此,我在读杜甫"晓看红湿处,花重锦官城"时,总是把诗中的红,当作花儿和女红交织的红来读。一个"湿"字,十分传神地将"花儿"和"女红"两种柔性元素,淋漓尽致地展露出来。

毋庸置疑,女红产业对成都城市的地位与繁荣,在历史上起到了至关重要的作用。汉时,成都与长安两城财富甲于全国。当时,全国三大丝织业中心,一是首都长安,二是四川成都,三是齐鲁。西汉末年,成都与洛阳、邯郸、临淄、宛城（今南阳）并称为"五均（均是市场管理之意）",成为全国五大商业都市之一,所谓"列备五都"。唐明皇避安史之乱来到成都,被改称为"南京"的成都,一时间成了中原士族避难的天堂。

人才及财富骤然涌入,经济文化陡然繁荣,"扬一益二"之说由此获得,即天下城市,唯扬州、成都二城而已。这番景象,在李白《上皇西巡南京歌》诗中是这样反映的：

九天开出一成都，万户千门入画图。
草树云山如锦绣，秦川得及此间无。

"九天""千门""画图""锦绣"这些成都的专属元素，被豪放的李白渲染得无以复加，作为此时的"南京"，成都真是独领风骚。"秦川得及此间无"，秦川长安的风光哪能比得上这里的美呢？

唐宋以后，成都的锦官机能及体制被废置，那些心灵手巧的织女们散落到成都的大街小巷，干起了私家小作坊营生。一个由国家主持的锦绣时代由此渐渐落幕。颇有几分意思的是，历史上南诏人几次攻破成都，"慰赍居人，市不扰肆"，他们把抢劫金银珠宝放在很次要的位置，而是一门心思掳掠锦工、绣工、漆工和其他门类工匠，被掳走的能工巧匠人数有上万人之多。南诏人是聪明的，他们知道金银是有限的，而变金生银的手艺却是无限的。

令成都织女永远没想到的是，清朝初年，自己丝一样纤秀的手艺竟令一个屠夫举起了屠刀。张献忠从成都撤走时，一种面对宝贝自己不能拥有就干脆毁掉的变态心理驱使他把锦工绣女杀得几乎一个不剩。

好在蜀地生命力极强，那逝去的一切，不光是只去不回的散忆和流想——你看，时光又在慢慢地给它以修复。

词条 提花织机

提花织机是一种具有提花功能，能在织物上织出花纹的织机。2012年，成都老官山汉墓出土了四部蜀锦提花织机模型，是我国首次发现西汉时期的织机模型。古代普通织机是利用一片或两片综(提升经线的部件)，分别同时提升单数或双数的经线，形成梭口，以便送纬打纬，织成平纹的织物。提花织机则是有许多综片，分别控制千百根经线作不同的升降运动，与交织综一起同纬线错综参差交织成具有各种花纹和文字图案的织物。商和西周的丝织品上已有简单的几何纹，可知当时已有提花的机具。春秋战国时，相当精美的锦和文绮上已出现了复杂多变的鸟兽龙凤花纹，可知提花装置已从简单趋于复杂，应已使用平放式的吊综提花和有脚踏板的织机，而且可能将用线综来提升单根经线改进为把作相同升降运动的线综合为一束，即综束，一起提升。考古发现的汉代提花织物主要是文绮、文锦和文罗。

锦上添花，惟蜀是耳

许多坚硬之物都被时间磨蚀了，一匹软弱的丽锦却不能被删除、被灭掉——因为美保护了它。它的美，比金子更贵重。

纺、绫、缎、绉、绸、绢、绡、绨、纱、罗、葛、锦、呢、绒十四类丝型织品中，由"金"与"帛"合写而成的"锦"，是唯一"沾金"的一类。无论蚕桑业、缫丝之法，还是织锦技艺，最终落地的载体还是锦品。各朝各代乃至今世，那些锦品名作、锦品趣事，总是令人四处打听、痴痴涉猎和津津乐道。

"鹔鹴裘""文君锦""诸葛锦"等都不是价格最贵的锦——《昭阳趣史》中透露了一个最昂贵锦品的消息，它是一件蜀锦，叫"七成锦帐"。说是赵飞燕当上皇后，她的妹妹赵合德是第一个向她贺喜的人。她除了呈上一篇言辞恭顺的贺文，还派侍儿郭语琼带去了36件珍宝为礼物。赵飞燕心花怒放，立即选好回礼"云锦五色帐、沉水香玉壶"让郭语琼带去送给妹妹。

赵飞燕不曾想到，妹妹转身便抹着眼泪，将自己的回礼摔在了汉成帝刘骜的面前："圣上这等喜我，为何倒没有这样好物？不是姊赐我，至死不知此物！"自古英雄爱美人。此时的刘骜虽然贵为皇上，看到美人撒起娇来，也显得有些手足无措，似乎唯有连连解释、赔罪，方可安抚可人的心：

非我所赐，乃许后当时留下的。这也不难，明日诏令益州，留下三年钱，免贡，速造七成锦帐以沉水香饰，赐与爱卿何如？

用偌大的益州地区整整三年的税金，织成一床"以沉水香饰"的"七成锦帐"，才勉强博得了美人破涕为笑。这个故事《西京杂记》中亦有记述。从这个故事也可看出，在汉代织一件上等的锦，其所需成本，几乎达到了让人不可想象的地步。

就是科学技术飞速发展到今天，要织出这样的作品也并非易事。1厘米的蜀锦需要耗费136—140根纬线，两个熟练工人一天下来也只能织7—8厘米。"蜀锦不是那么简单就能学会的，如果要熟练掌握，需要七八年才行，这主要就是一个定手性的过程。"依然是浣花溪畔的那个旧址上，蜀锦织绣博物馆一位老师傅告诉我，"定手性，既要手足并用，还要与他人心手相应；既要耐得下心，也要下得了功夫。如此才能织出好锦、守住技艺。"

何意百炼钢，化为绕指柔。蜀锦挑花结本技艺极其考究，可谓是细节的艺术。只有细丝密线，才能缀连成篇。挑花的技艺恰是艺术与技术的对接。前期师傅要进行样稿设计，画图并标注经纬。通过意匠制作、挑花结本，他们在480根绷子上用花签和花勾把不同色彩的纬线结上去。这一过程不能出差错，因为每一个节点和纹路必须对应在线上。

四川在唐时贞观年间，首开了文字织锦先河——被唐太宗李世民当作"异物"珍藏在皇宫里的王羲之《兰亭序》，便是"文字锦"中最杰出的代表。早在晋代，人们就以"锦"为纸，个中奢侈真的难以想象。就是今天，能够奢侈地以"锦"作书之人，大概也寥寥无几。或许，世间珍品本身就是无价之宝的珠联璧合。

批量锦品中影响深远的是"陵阳公样"。李世民时，益州工官、天才设计师窦师纶组织蜀锦工人创制了不少"章彩奇丽"的锦、绫新花样，其中著名的有花树对鹿、对雉、斗羊、翔凤、游麟等。据说，当时的贵族妇女们，都以拥有一件窦师纶款的锦衣为荣。窦师纶被封为"陵阳公"，这种锦样就被叫作"陵阳公样"。

长安官办"织染署"织造的瑞锦、宫绫，织法和纹样大都取法于"陵阳公样"。代宗李豫时代，禁止外地织造的大张锦、独软锦、瑞锦，以及盘龙、对凤、麒麟、狮子、天马、辟邪、孔雀，仙鹤等纹样，也多取法"陵阳公样"。

也就是说，窦师纶手里所出的"花样"，已经成为唐代的"国家标准"了。

日本《法隆寺献物帐》上，记有"蜀江太子御绢伞"和"蜀江小幡"等唐代蜀锦。法隆寺还保存有不少唐代蜀锦的赤地经锦残片，纹样有连珠莲花和连珠对禽对兽——"陵阳公样"集壮丽优美为一体的特殊风格，在这些锦中可以明显看出。此外，唐时流传到日本的小说《游仙窟》中，也特别提到了"益州新样锦"。

这也意味着，窦师纶手中的"国家标准"，已经升级为"国际标准"了。

李隆基和杨贵妃穿的锦服，就是"鸟雀纹织金锦"。杨贵妃是蜀中之人。可以想象，这时的唐宫廷里，蜀锦应该就是最为时尚也最为流行的奢侈品了。我们今天从史载中得知，把蜀锦作为"公主嫁妆"，发生在唐中宗时期。安乐公主出嫁时，发现置备的嫁妆中没有一件特别亮眼的东西，便变着法子向四川讨要了一条"单丝碧罗笼裙"。此裙用"细如发丝"的金线织成花鸟，鸟雀小到只有米粒大小，但观者能清清楚楚看见织在鸟雀上的眼、嘴、鼻和趾甲。它"正视旁视，日中影中，各为一色"，真是金碧辉煌，巧夺天工。

"无数铃声摇过碛，应驮白练到安西。"诗人张籍在《凉州词》里说的"白练"，就有不少是来自四川的丝织品梓州（今三台县）小练。梓州小练在吐鲁番市上很畅销，当地"帛练行"规定了它的价格是，上等每匹值钱三百九十文，次等三百八十文，下等三百七十文。

唐末文学家、农学家陆龟蒙在《纪锦裙》一文中，详细叙述了他在一个李姓朋友家里看到一幅南北朝时期的蜀锦裙。幅长四尺，下宽上窄，下宽六寸，上减三寸半。锦裙前侧左边织 20 只鹤，每只弯曲着一条腿，口中衔着一束花草，正欲展翅飞起；右边织有"耸肩舒尾"的 20 只鹦鹉。这两种鸟大小不一，无鸟的空白处织有花草。整个锦面图案浑然一体，"有若皎霞残虹，流烟堕雾，春草夹径，远山截空……"这种织造技艺，真算是"神乎技矣"。

元人陶宗仪《南村辍耕录》说，后蜀主孟昶和宠妃花蕊夫人曾用过一条精美绝伦、造型独特的锦被。锦被上部边缘有两个孔，睡觉时套在颈项上，像盘领，两侧余锦覆在肩上，叫作"鸳衾"，又叫"六合被"。这是一种中间没有拼缝、一梭织成的无缝锦。撇开夫妻如此亲密无间、梦中也不能稍有翻离的作态不论，如此高超的织锦技艺，着实令人叹为观止。

宋代，四川茶马司锦院织锦主要销往吐蕃，其次销苗人。贸易地点有黎州、叙州、南平军和文州。每年生产数量，按与少数民族作锦马互换数量而定，马多多织，马少少织。宋锦花色很多，图案的取材范围较为广泛，《蜀锦谱》上记载的就有20余种，如百花孔雀、瑞草云鹤、穿花凤、如意牡丹、宜男百花等。有集写生花卉和几何纹样为一体的"八答晕锦"，有灯旁悬结谷穗、其下隐隐有蜜蜂飞动、隐喻五谷丰登的"灯笼锦"，有源自国外、后衍变成为我国传统纹样的"狮子飞马打球锦"——马打球相当于现在的马球，是唐时盛行的一种体育活动。圆球每聚三个或四个为一组，组与组间、球与球间加上各种花纹。这种纹样，通称为皮球样。

除此而外，在锦纹上装饰色彩鲜艳、富丽堂皇图案，织成的最能代表蜀锦风格的"锦上添花锦"，也是在宋时形成的。这些纹样，不仅在当时成为全国锦缎纹样的模本，而且被应用到其他工艺美术品上作为装饰亮点。

优秀艺人还根据唐诗"桃花流水窅然去，别有天地非人间"和宋人词"花落水流红"等名句，创作出一种"紫曲水"图案，一般叫"落花流水锦"。元、明以来，全国各地锦缎作坊因袭并发展了这种图案，这种图案由一种变为十数种，逐渐成为南京江绸和福建、苏州、浙江、广德、山东、山西等的闪缎和改机的主要花样之一，通称为"落花流水"锦样。

说到灯笼锦，一定会说到宋代《碧云騢》记载的首创者文彦博的故事。宋仁宗时，在成都为官的文彦博将一幅织金灯笼锦送给了仁宗的宠妃张贵妃。上元节时，张贵妃穿上这件华贵的锦衣兴高采烈地去侍宴，仁宗看到，惊为天人，忙问衣服是哪里来的。此事过去不久，文彦博就回京当了参知政事。文任宰相、封潞国公后，御史唐介风闻此事，弹劾他在蜀中时用"间金奇锦"巴结贵妃，才升官当了宰相。双方为此争执不休，仁宗迫不得已，罢了文彦博的相位，把唐介也贬到远州。第二年上元节，宫中无金线灯笼，于是就有人作诗戏说："无人更进灯笼锦，红粉宫中忆佞臣"。

文彦博是否用"间金奇锦"巴结贵妃，暂且不论。但一件锦衣，竟能换个宰相的故事，堪称蜀锦史上一大趣闻。足见蜀锦之珍贵。

元代四川的织锦条件遭到削弱，但仍然生产出驰名全国的长安竹、天下乐、雕团、宜男、宝界地、方胜、狮团、象眼、八答晕、铁梗襄荷等锦样，称为四川"十样锦"。

明代成都的绫锦产量不小，而且行销全国。纹样大体还是十样锦的名目，加金锦继续生产。

清朝同治年间，成都织造的锦缎类织物数量不小，"每年采办入京，常以供织造的不足"。主要有明机蜀锦、天心锦、倭缎、闪缎、线缎、龟兹栏杆、宫绸、宁绸等，其他丝织物有线绉、湖绉、薄艳平纱、浣花绢等四种。这里提到的倭缎，据《天工开物》记载，"凡倭缎制起东夷，漳、泉海滨效法为之"。即是说，至少在明代，福建漳州、泉州一带已在生产倭缎。成都织造的倭缎，可能仿自漳泉，因此或称倭缎，或称漳缎。

辛亥革命前后乐山的苏稽、白杨坝等场镇，几乎家家有织机，户户出丝绸，"嘉定大绸"驰名省内外。其中一种缎面提花的花绫，在清朝乾隆、嘉庆年就已开始生产，到清末时有几百台机织造，年产约二万匹。还有绸都南充，机房约30家，除织造花素绸外，还生产花景绫、湖绉等产品。那时，禁止民间穿绸着缎和不准用玄黄色的"衣禁"废除了，玄黄色的团花马褂、锦缎鞋帽风行一时。

20世纪50年代末，成都织出了绚丽多彩的月华缎、通海缎、锦江缎、天府锦、花丽绢、秋霞缎、锦上添花缎，恢复了断档40余年的月华三闪、珍珠缎、满花缎、铺地锦等产品。

近现代的蜀锦，一改古代经锦和纬锦组织结构单一的路数，在传统的基础上有新的发展。生产的主要产品可分为月华锦、雨丝锦、方方锦、民族缎、通海缎、铺地锦、浣花锦和现代蜀锦八个大类，尤以前三类最具特色。

蜀锦织绣博物馆的前身，就是有着半个多世纪历史的成都蜀锦厂。整个博物馆有两层，中间通体天井。在历史文化展区的一隅，有一幅现代仿制锦很是突出，锦面织有8个汉隶文字"五星出东方利中国"，并用鲜艳的白、赤、黄、绿四色在青地上织出汉式典型的图案。原物1995年发现于新疆和田尼雅遗址，说明蜀锦在汉代就具有出色的染色和丝织技艺，也证明了成都作为古丝绸之路发源地的地位。

词条　蜀锦

蜀郡（今四川成都一带）所产特色锦的通称。

蜀锦分为经锦和纬锦两大类，以多重彩经起花的蜀锦为经锦，以多重彩纬起花的蜀锦为纬锦，其中经锦工艺为蜀锦独有。以经线彩色起彩，彩条添花，经纬起花，先彩条后锦群，图案清晰，色彩丰富，花型饱满，工艺精美。方形、条形、几何骨架添花，对称纹样，四方连续，色调鲜艳，对比性强。蜀锦是一种具有汉民族特色和地方风格的多彩织锦，与南京的云锦、苏州的宋锦、广西的壮锦一起，并称为中国的四大名锦。四川古称"蜀""蜀国"和"蚕丛之国"，这里桑蚕丝绸业起源最早，是中国丝绸文化的发祥地之一。蜀锦兴于春秋战国而盛于汉唐，因产于蜀地而得名，在传统丝织工艺锦缎的生产中，历史悠久，影响深远。成都市地处四川盆地西部边缘，属于亚热带湿润季风气候区，气候温暖，四季分明，无霜期长，雨量充沛，日照较少。土壤肥沃、类型多样，生物资源丰富，具备了生产蜀锦需要的桑蚕丝及草本植物染料等主要原料。2006年，蜀锦织造技艺经国务院批准列入第一批国家级非物质文化遗产名录。蜀锦也是日本国宝级传统工艺品京都西阵织的前身。2010年，原国家质检总局批准对"蜀锦"实施地理标志产品保护。

一个异乡人眼里的锦绣

南宋初年,四川转运使赵开改革茶、盐、酒的税法,捞了不少钱。但他也做了件好事,将万里桥建成石墩基座的五孔木梁"廊桥"(北宋以前的万里桥是不是"廊桥",未见确切资料,但当时成都大江之桥多为廊桥)。

南宋淳熙年间,皇室宗亲赵汝愚(1140—1196)曾任四川制置使兼成都知府。他也干了几件好事,一是招抚安定了川西羌族骚乱,二是维修诸葛亮祠庙、万里桥等成都名胜。他的幕僚刘光祖写了篇《万里桥记》以记之。刘光祖说,赵汝愚这位四川新任首脑非常崇拜诸葛亮,认为应大力保护古代文化遗迹。虽然前任四川官员沈公也曾扩修万里桥,但并不理想,所以赵汝愚要重点保护性修整。刘光祖又说,当时重修万里桥并不只是为了解决交通和泄洪问题,还有以古鉴今、古为今用的目的(怀古以图今)。

前人这种尊重历史的做法,对于今天处理传统古建筑,无疑可资借鉴。

万里桥传说为李冰所建。当时李冰为对应天上的七星,在锦江上修了七座桥,此桥为七星之首,叫"长星桥"。长星桥又叫笃泉桥,因桥南有蓄水大湖,名笃泉。直到三国时,蜀汉丞相诸葛亮曾在此设宴送费祎出使东吴，费祎叹曰："万里之行，始于此桥。"万里桥由是而得名。唐李吉甫记载：

万里桥架大江水，在（成都）县南八里。蜀使费祎聘吴，诸葛亮祖（饯行）之。祎叹曰"万里之路始于此桥"。因以为名。

毋庸置疑，万里桥是古老成都一个具有象征意义的文化地标。既是古代成都水陆交通的一个重要起点站，又是一大名胜古迹，史志记载颇多，文人墨客吟唱不绝于书。唐代边塞诗人中最卓越的代表岑参，曾以《万里桥》为名赋诗一首：

成都与维扬，相去万里地。
沧江东流疾，帆去如鸟翅。
楚客过此桥，东看尽垂泪。

诗里的"维扬"，系扬州的别称。成都与扬州，相隔数千里。滔滔江水向东流去，张开的船帆如飞鸟展翅。楚地的游子经过此桥，东望故土无不思乡流泪。

为了将这文化地标延续下去，历代成都官员一直承担着保养与维修的责任。远的不说，自清始，见于记载的就有不少。清顺治三年（1646），万里桥遭兵火颓圮，康熙五年（1666）巡抚张德地、布政使郎廷相、按察使李翀霄率府县官员捐俸重修，桥上以楼屋遮盖，题额"武侯饯费祎处"，知府冀应熊书"万里桥"，刻石于桥旁。乾隆五十年（1785），四川总督李世杰补修，并改建为石拱桥。

一个富足的社会，必然伴随着政治的开明。打开成都的历史就会发现，在漫长的封建社会里，出现过无数优秀的治蜀官吏。这些值得怀念的官吏中，家喻户晓的首推诸葛亮。

诸葛亮，是出身于琅琊阳都（今山东沂南县）的知识分子，一入蜀执政，就提出了"为政以安民为本"的理念以及"务农殖谷，闭关息民"的治蜀政策。他除了将荒芜的土地归还给因战乱而流离的农民外，在遍访民情后还发现："今民贫国虚，决敌之资，唯仰锦耳。"诸葛亮发现了蜀锦的巨大价值，这也为他的执政思路找到了最佳注脚。

史书记载，以逸道治民，虽劳无怨。就是说我是为了你老百姓安逸，才让你干这些事的。老百姓虽然很劳累，但是没有什么怨言。

最使成都百姓感念不已的是，诸葛亮"鞠躬尽瘁，死而后已"，病死于五丈原之后，诸葛亮不仅身无余财，而且身为盛产蜀锦之国的丞相，竟然身着布衣下葬，身无寸锦。成都百姓们闻讯后，纷纷自发地头戴白巾，以示哀情。1800年过去了，直到今天，不少农村的老人还是以白布包头，仍然叫"孝帕"，这是先人为诸葛亮送葬时留下的遗俗。

谙熟历史和人心的诸葛亮，充分意识到蜀锦对于蜀国的重要性。秦得巴蜀，以控楚地，然后得全国；刘邦因得"天府之土"才得完成汉朝建鼎之业。打败对手建立自己的基业，当然少不了蜀地丝织品在其中的资助作用。

以至于诸葛亮面对蜀国的危局，而感慨道："今民贫国虚，决敌之资，唯仰锦耳！"

蜀国能在军事力量并不强于魏吴两国的情况下，独自与魏吴两国抗衡那么多年，成都丰饶的物产功不可没，而蜀锦便是其中最重要之"功臣"。

今天到成都旅游的人，武侯祠应该是必须光顾的。可很少有人注意到，在武侯祠的大门上高挂着的大匾，并不是写的"武侯祠"，而是写的"汉昭烈庙"。汉昭烈帝是指刘备。这是为何？从明代开始，武侯祠被改建成一座君臣合庙，君是刘备，臣是诸葛亮，当时官府明确定名为昭烈庙，可是成都的老百姓却从来不买这个账，而是深情地将其称之为武侯祠。在成都百姓的心目中，重要的不在于你的位高爵显，也不在于你说得多么好听，正如民国时期邹鲁先生所写：

门额大书昭烈庙，世人都道武侯祠。
由来名位输勋烈，丞相功高百代思。

如今，古代的蜀锦我们已经很难见到了，但由锦而盛的这个西南大都会，却成了一座繁花似锦的城市。诗人杜甫就是在鲜花盛开的时节来到了成都，并写下了"花重锦官城"的传世名句。

我们从刘光祖的《万里桥记》中，还可了解到一个重要信息——"梁板悉易以木而屋之"，也就是仍修建成"廊桥"。凡去都江堰看过南河廊桥的人，不难想象当年更宽阔许多的万里桥：在汹涌涛声中的廊桥雄姿应是何等壮美。

了解这一点很重要。元朝忽必烈至元二十四年（1287）前后，当意大利人马可·波罗到成都，看见锦江、看见万里桥时，他着实惊呆了。《马可·波罗游记》中写道：

有一大川（即锦江），经此大城。川中多鱼，川流甚深……水上船舶甚众……商人运载商货往来上下游，世界之人无有能想象其甚者！

马可·波罗能够来到遥远的成都，首先缘于他的父亲和叔叔的勇敢探路。

1260年，威尼斯商人尼柯罗·波罗和他的兄弟马菲奥·波罗乘着一艘满载货物的船，平安抵达了君士坦丁堡。一番商议之后，这对兄弟决定继续向东。他们来到了蒙古帝国的钦察汗国，受到了第四代可汗别儿哥的接待。不久后，别儿哥与伊利汗国的旭烈兀之间发生了战争，尼柯罗和马菲奥无法从原路返回威尼斯。经人建议，他们选择绕一个大圈，先向东，再向西回国。在到达了现位于乌兹别克斯坦境内的布哈拉之后，因归途不够安全，兄弟俩不得不停下了脚步，一住就是三年。

在这里，兄弟俩偶遇了旭烈兀派往元朝的使臣。此前40年，成吉思汗的大军攻陷了这座著名古城。这位使臣从未见过意大利人，便邀请他们随自己去元大都晋谒元祖忽必烈。从"尼柯罗兄弟"嘴里，忽必烈直观地了解到一个中世纪的欧洲——一个天主教会在人们生活中占据绝对统治地位的欧洲。有充分的理由相信，尼柯罗兄弟的讲述中有大量内容是关于教会的。十分善于学习与借鉴的忽必烈，似乎从他们身上看到了元朝的治理思路，他委任他们为元朝派往罗马教廷的特使，希望教皇能派遣一百名有学问的传教士来到中国。

这一意外的收获，令尼柯罗兄弟大喜过望。1269年，他们回到了家乡。此时，老教皇去世，新教皇还未产生。尼柯罗·波罗的儿子马可·波罗已经15岁了。终于，1271年，他们带着新任教皇格里高利十世的亲笔信和礼物，也带上了17岁的马可·波罗，踏上重返东方之路。

他们一个传教士都没带回来，有两名教士在亚美尼亚遇见战事，就吓得转身回国了。波罗一家历经千辛万苦，坚持继续前行，终于抵达中国。得知他们回来的消息后，忽必烈派出官员在还有40天路程的地方等候，并传令当地官员礼貌接待他们。

从此，他们在中国一住就是17年。

17年的大好光阴里，马可·波罗有的是时间走四方探访这个神秘的东方国度。在他的眼里，成都的万里桥不仅仅是供人们通向彼岸的要道，还是一个繁华的商肆。他又说："此川之宽，不类河流，竟似一海。"这话或许有人感到太夸张。但仅在50年前，不少人还在城东河心村（现称东湖）游泳，见江水、湖水、堰塘或连或断，显得漫无边际，就有"像海"的感觉——何况还是800年前。

现在的人难以想象的是，古时的成都，河床宽广、大小河流纵横交错、湖泊甚多……成都堪称水上之城。马可·波罗还说，锦江上有一石桥，桥"宽八步，长半里"，颜色鲜明，气势恢宏。"桥上两旁，列有大理石柱，上承桥顶"，桥屋顶有鲜艳的五彩图画。"桥上有房屋不少"，各种"商贾、工匠列肆执艺于其中"——这座桥本身就是一个繁华的集市，桥上一字排开许多木制房屋，都是商贾、工匠经商的商肆，能"朝构夕折"，相当于现今的活动摊点。桥上还有官方的"征税之所"，税金"每日不下精金千量"，好不繁华。

马可·波罗笔下的这座桥，就是与成都最热闹的"南市"

联为一体的万里桥。直到明朝晚期，万里桥仍很雄美。钟惺（1574—1625）在《浣花溪记》中描绘出一幅如诗如画的情景：出成都南门，左为万里桥，江水蜿蜒如明镜，如"绿沉瓜"美玉……明万历时浙江临海人王士性到成都，见锦江碧带般环绕城墙，万里桥一带犹如一片水乡风光：

江流绕雉堞如靛，即村舍扃扉、田塍沟渎，无非流水……水上林木翳映，所在皆佳境。（王士性《入蜀记》）

明末清初张献忠祸乱四川时，万里桥作为最主要的杀人刑场，蒙受千古羞辱。公元1645年11月23日，血雨腥风的"屠城"之日。这天张献忠大西军遍搜各家民户，驱逐百姓出城屠杀。当时在大西军中的外国传教士利类思，被士兵带到南门外"中和门"城楼上。他亲眼看见：

无数百姓被聚集于万里桥边沙岸，一见张献忠到来，众皆跪伏地下，齐声悲哭求赦，云："大王万岁！大王是我等之王，我等是你百姓，我等未犯国法，何故杀无辜百姓？何故畏惧百姓？我等无军器，亦不是兵，亦不是敌，乃是守法良民，乞大王救命，赦我众无辜小民啊！"

张献忠不独无哀怜之意，反而厉声痛骂百姓："私通敌人！"随即纵马跃入人中，任马乱跳乱踢，并高声狂吼："该杀该死之反叛！"随令军士急速动刑。（《圣教入川记》）

于是，万里桥上和岸畔，"无辜百姓男女被杀，呼号之声，惨绝心目，血流成渠……"死尸抛入江中，江水壅塞不流，张献忠命水手撑大船十余只，至下流推尸顺流，方得流通……张献忠这一乱搞，成都遭空前大破坏，万里桥后也崩塌。

康熙五年（1666），汉军镶蓝旗人张德地任四川巡抚，和布政使郎廷相、按察使李翀霄、知府冀应熊、成都知县张行、华阳知县张喧等人，共同捐资恢复城墙、桥梁。

复建后的万里桥仍为廊桥，桥修为石砌七洞，高3丈、宽1.5丈，长10余丈（约30多米）。桥头有冀应熊手书"万里桥"石碑。古渡碧波，廊桥"武侯饯费祎处"等额联令人发思古之幽情。

贵州黔西人李世杰（1716—1794）继福安康任四川总督后，于乾隆五十年（1785）又补修万里桥，将桥改为石拱桥，数年始完工。

光绪十四年（1888）再次重修万里桥。竣工"开桥"仪式上，由中过文状元的贵阳青岩人赵以炯，和中过武状元的天津人童中和（当时在成都任职）行"踩桥"——剪彩仪式。

1905年，日本人山川早水看见："万里桥作为南门街唯一的通路，喧闹、拥挤一刻也没有停息。加之桥的两侧破烂不堪，饮食、废品摊点，比比皆是。"

光绪三十三年（1907）后，再次改建万里桥为七孔石拱桥，桥长20丈，桥宽3丈余，石板护栏。清末官员徐心余亲眼所见：

出成都南门南行百余步，水声淙淙。有万里桥跨江横卧……附近居民，聚集桥之两边，设摊成市。中间车马往来，行人如织，不觉其拥挤，其宽阔可知矣……巨观也！（《蜀游闻见录》）

如今已很少有人知道,主持修桥的,就是那个被后人骂为"赵屠户"的四川总督赵尔丰。当时桥南桥头上,有一道巨大的石碑,刻有这位赵大人亲写的"万里桥"三个大字,十分壮观。

词条 万里桥

即今成都市南门大桥（俗称老南门大桥），是成都历史上著名的古桥，也是成都一处重要的人文地标。三国时，蜀汉丞相诸葛亮曾在此设宴送费祎出使东吴，费祎叹曰："万里之行，始于此桥。"该桥由此而得名。康熙年间，新任四川巡抚张德地带领官员捐款，修复了万里桥，在桥边立"万里桥"石碑，挂"武侯饯费祎处"的匾额。到光绪年间，再次修复万里桥。可惜，由于城市化的步伐飞速，这座千年古桥于1995年被拆。新桥为单孔水泥桥，桥面宽阔了许多，来往交通无疑好了许多，旧桥却已经只能在旧照片之中寻觅了。桥南岸新建一座现代化的海洋巨轮式样的建筑，叫"万里号饭店"，让人想起张籍的那句诗："万里桥边多酒家。"史志记载颇多，文人吟唱也不绝于书。杜甫："西山白雪三城戍，南浦清江万里桥"；"万里桥西一草堂"。张籍《成都曲》："锦江近西烟水绿，新雨山头荔枝熟。万里桥边多酒家，游人爱向谁家宿？"刘禹锡："凭寄狂夫书一纸，家住成都万里桥。"薛涛："万里桥头独越吟，知凭文字写愁心。"陆游好像写得最多，也最细致真切："成都城南万里桥，芦根蘋末风萧萧。映花碾草钿车小，驻坡蓦涧青骢骄。入门翠径绝窈窕，临水飞观何岩峣。"还有："雕鞍送客双流驿，银烛看花万里桥。"他在离别成都东归时写的最后一首诗，还是关于万里桥的："万里桥边白版扉，三年高卧谢尘鞿。半窗竹影棋僧去，满棹苹风钓伴归。"陆游的诗里，可以看到宋代万里桥桥上桥边的风景人物，有花有竹，有车有马，有船有帆，有翠径有银烛，还有热闹的鱼市……犹如一幅清明上河图。比如，"万里桥边带夕阳，隔江渔市似清湘"。

南丝路成都段勘行书

以成都为起点的南方丝绸之路在先秦及秦汉已初步开通，成都丝绸、蜀布、邛竹杖等远销印度、中亚、地中海地区。到了魏晋南北朝时期，北方大乱，经河西走廊出西域的北方丝绸之路陷于瘫痪，南方丝绸之路于是成为中国与西方最重要的贸易线。

今天，那条畅于汉、兴于唐、衰于明的南方丝绸之路，在其起点成都境内可还有自己古老的踪影？这条路出城后，是怎样走向海外的呢？成都境内，至今还残存着两段茶马古道，它们分别在邛崃市和蒲江县。这两条古道是见证南方丝绸之路不可多得的古迹。

浓浓春阳下，地处成都市西南面的蒲江县成佳镇，成片的茶园犹如绿色的海洋，在微风的吹拂中泛起微微波澜。走在那条窄窄的、滑滑的、拥挤不堪的石板路上，我有一种莫名的恍如隔世之感。行进在绿浪间，一位七旬太婆的身影定格在我们眼帘，清瘦而微曲的身躯，背着小背篓，双手的指尖不停地在一片绿浪上舞动，还不时抬头朝我们微笑……她身后的百米开外，便是那条闻名中外的茶马古道遗址。这条路曾经那么繁荣，各路商贾川流不息，石板路已经磨得光滑无比了，我甚至不自觉地要靠边走，以躲闪那些要赶路的"先人们"。

古道两旁是满眼的茶园，茶农们都在忙碌着采摘"明前茶"（即清明前一种最嫩的嫩芽，喝起来口感很好，经济价值也最高），茶园的路边停靠着摩托车，每到下午4点过后，各路摩托车都会拥向成佳镇的茶叶交易市场。

头顶着西下的斜阳余晖，我来到成佳镇上熙熙攘攘的茶叶市场，买者和卖者在熟练地讨价还价，眼观、手摸、再尝叶片……只有我们是局外人，也没人搭理我们。此时，集市上收茶叶的商家已经将桌子、电子秤和箩筐等摆在路边上，做好了准备。刚采摘的"鲜叶"，根据不同的等级进行交易。没多久，集市上的人也越来越多，买卖双方讨价还价，场面非常热闹。

面对这匆匆忙忙的人流，我甚至在想，作为茶马古道的重要驿站，或许这个市场数百年前就已经像今天这么繁华了，只不过来市场交易的，是今天交易者的祖辈：

"三块怎样？"

"不行，得添五毛。"

"这叶不是很好。三块二吧？"

"刚才人家已经给三块四了。"

…………

耳边不时传来这样的讨价还价声。其实茶叶就是鲜叶期间也不止"三块多"，而是"三十多元"，他们已经熟练地将前面的"三十"去掉，直接用尾数讲价了。

茶马古道上的成佳镇已经有几十家茶厂，享有"绿色茶乡"之美誉，茶文化底蕴深厚，是国家级茶叶标准化示范区。原以为金融危机会使茶叶价格下降，没想到茶叶反常的价格令一些茶厂始料不及。

茶马贸易，始于唐，兴于宋。

自宋代始，成佳是茶马古道中成都直达雅安的必经之路，是一条十分久远的古官道，古道石梯用长1.5米、宽0.8米、厚0.15米的石料建成。山路蜿蜒，通过这里，成都的茶叶、食盐、铁器、丝绸源源不断地运往雅安，最后到达藏区交换马匹。石板上用来防滑的纹理已经被百余年的行走所磨蚀，中间形成了凹陷，仿佛见证着古道的历史与渊源。

后人立碑纪念，碑文云：上通名雅，下连新彭。古道久远，石梯深凹，依稀可见当年商贾云集、贩运茶叶忙碌的景象。"修数百年崎岖之径，通千万人来往之途"，道旁还矗立着清朝道光年间修建的功德坊，石碑上的文字记录着当时的情况，也成为成佳镇历史文化的见证。

真没有想到，我竟走在成都平原最后一段可见的、有着数千年之久的南方丝绸之路上。

其实，在大约一百年前，成都境内一条完整的南方丝绸之路仍旧存在着并行使着自己的实用和美学功能。民国十三年（1924）前，成都至新津、邛崃、雅安仅有一条供肩舆、驮运的驿道。民国十三年，西康屯垦使刘成勋议修成（都）康（定）公路，十五年五月成都至新津段竣工，后因刘下野而未延修。民国十六年（1927），刘文辉以三军联合办事处的名义续修，民国十九年（1930）延修至雅安，后因费用纷争而中止。民国二十四年（1935），国民政府为加强对川、康两省的控制，下令修川康公路。由四川省政府电令乐山、资中、安岳、井研、彭山、仁寿、简阳、新津、邛崃、峨眉等县共征石工5600名，动土续筑，于民国二十八年（1939）国际儿童节那天修至康定。

关于变古道为公路的艰难，从《邛崃县政府二十八年秋季行政会议记录》中可窥斑见豹：

去年奉令修筑川康公路南龙段，本县原摊民工一万五千名，嗣经呈准减半，征集七千五百人，连同运输队，实征一万余人。担任地段计天全县两路口至二郎山鸳鸯岩止，共长十四点二五公里。该地气候严寒，地势险要……环境之困难，实非一言可尽者……实耗工二百零三万七千五百七十九日……

此后，川藏公路成都段进行过多次改造。迄新中国成立前夕，成（都）康（定）公路亦仅具雏形，路基不实，坎坷不平，弯多坡陡，桥涵不全，行旅十分艰难。时有民谣："一去二三里，抛锚四五回，停车六七次，八九十人推。"

上述这条成雅段川藏公路，正是大致沿着成雅段南方丝绸之路的走向形成的。

实际上，这条路早在司马相如时代就贯通了。兼有"私奔专家"和"作赋高手"双重著名身份的司马相如当官后，被派遣回成都经略"西南夷"地区，他驰马往复的这条道路，正是"南方丝绸之路"。

但忙于与邛女卓文君谈情说爱、饮酒作赋的司马相如并没有顾得上将这条道路告诉朝廷。朝廷知道这条道路，还是公元前122年张骞出使西域归来之后的事。张骞在外国惊讶地发现了从这条路上输送出去的大量蜀物。这条丝路在汉代时称为"蜀身毒道","蜀"是四川,"身毒"是印度的古称。

关于张骞向汉武帝的报告,《史记·大宛列传》是这样记载的:

臣在大夏时,见邛竹杖、蜀布。问曰:"安得此?"大夏国人曰:"吾贾人往市之身毒。身毒在大夏东南可数千里……"以骞度之,大夏去汉万二千里,居汉西南。今身毒又居大夏东南数千里,有蜀物,此其去蜀不远矣。今使大夏,从羌中,险,羌人恶之;少北,则为匈奴所得;从蜀宜径,又无寇。

正是对这个汇报材料的记录,在古代文献中最早透露了巴蜀有通往国外交通线的消息。

张骞的一番言说,让具有雄才大略而又好大喜功的汉武帝十分惊喜,决心不惜一切代价在"民道"基础上打通从西南到印度的官道,由官方参与商业贸易,扩大疆土。基于这层考虑,武帝即封张骞为博望侯,命其以蜀郡(成都)、犍为郡(宜宾)为据点,探索通往印度的道路。这个举措的实施遭到西南少数民族的阻拦未获成功。汉武帝遂举兵攻打西南夷、夜郎、滇等国及许多部落。历经十余年,结果仅打通了从成都到洱海地区的道路。及至东汉明帝永平十二年(69),哀牢人首脑倾附朝廷,于滇西设置永昌郡后,东汉王朝"始通博南山,渡澜沧水",官道南方丝绸之路终于全线贯通。

自此,南方丝绸之路上以海贝为货币的民间自由贸易走廊,变成了由中央王朝掌控的贸易线。《史记·西南夷列传》对秦汉前的记载是:"巴蜀民或窃出商贾,取其筰马、僰僮、牦牛,以此巴蜀殷富。"

"南丝路"由古灵关道、五尺道和云南境内的永昌道共三条干线组合而成，全长2000多公里，四川成都为起点，云南腾冲为国内最后一个驿站。沿途设官驿众多，随着时代的变迁，官驿有塘、铺、哨、关、驿等名称流变。

道路一（灵关道、古牦牛道）：成都—双流—新津—邛崃—名山—雅安—荥经—汉源—甘洛—越西—喜德—冕宁—西昌—德昌—米易—会理—攀枝花—（渡金沙江）云南永仁—大姚—大理—沿永昌道至缅甸、印度。

道路二（五尺道）：成都—乐山水路（或龙泉驿东大路经内江）—宜宾（上五尺道）—高县—筠连—豆沙关—云南大关—云南昭通—贵州威宁—云南曲靖—昆明—楚雄—大理—沿永昌道至缅甸、印度。

永昌道：大理—漾濞—永平—保山—腾冲—盈江—缅甸八莫—印度—中亚、欧洲。

这条如今看上去沉寂无比的南丝道，正是蜀王开明氏后代蜀王子安阳王蜀泮南迁越南之道，蜀汉孔明"攻心为上""七擒孟获"平定南中之道，元代忽必烈率军沿横断山南下强取云贵之道，中国远征军出滇入缅抗日之道……

从邛崃古道折回成都之前，我还去探访了骑龙山下的石头河和探花桥。流经临济镇的石头河比白沫江明显小了许多，鹅卵石资源也不甚丰富，倒是河边年轻的洗衣女给了它格外的生气。

离石头河不远处就是探花桥，现名"永远桥"。该桥由清代一名当地李姓武探花用巨石搭建，是一座桥墩隔有九孔的"九眼桥"。桥碑很大，宽8米，高4米，当李探花后裔——67岁的乡民李元书指着碑文，介绍先祖如何在皇上面前用120斤重的大刀展示武技并用一招"落地生花"智取第三名时，随行的摄影师退了好几步，其镜头才把碑与人尽数装入。

  作为华夏文明的重要节点，文化繁荣背后一定是商业昌盛。无论3000年前还是3000年后，成都是为商都，自古使然。

词条 茶马古道

是指唐代以来，为顺应当地人民需求，在中国西南和西北地区，以茶叶和马匹为主要交易内容，以马帮为主要运输工具的商品贸易通道，是中国西南民族经济文化交流的走廊。茶马古道是以川藏道、滇藏道与青藏道（甘青道）三条大道为主线，辅以众多的支线、附线，构成的一个庞大的交通网络。地跨陕、甘、贵、川、滇、青、藏，外延达南亚、西亚、中亚和东南亚各国。主要干线主要分南、北两条道，即滇藏道和川藏道。中国各民族生活中，藏族由于"其腥肉之食，非茶不消；青稞之热，非茶不解"，而将茶作为"一日不可或缺"的生存必需品。但藏族所居的青藏高原地区，素不产茶。为了将川滇的茶叶运入青藏高原，同时将青藏高原的土特产输入内地，一条条以茶叶贸易为主的交通线，在藏汉民族商贩、背侠、驮队、马帮劈荆斩棘下，被开辟出来。由于唐代以来这种贸易主要是以茶与马交换的形式进行，故历史上称之为"茶马互市"或"茶马贸易"。伴随这一贸易而开通的商道，因而被称为"茶马古道"。汉代的茶马古道，是"南丝路"的一段。四川古称"天府"，是中国茶的原产地。早在两千多年前的西汉时期，四川已将茶作为商品进行贸易。当时，蜀郡的商人们常以本地特产与大渡河外的牦（旄）牛夷及邛、笮等部交换牦牛、笮马等物。茶作为蜀之特产应也在交换物之中。这一时期进行商贸交换的道路称"牦（旄）牛道"，算是最早的"茶马古道"。邛崃由于是当时蜀郡的商贸中心和茶、铜铁器的主要产地，故成为汉代茶马古道的起点。

第12章 粟特人留下的"商元素"

找寻粟特人

  1907年,英国考古学家斯坦因来到了敦煌。他慕名前来,找一个叫王圆箓的道士,想淘些壁画和造像。这个王圆箓,是湖北麻城人士,早年家贫,为衣食计,逃生四方。清光绪初,入肃州巡防营为兵勇。看破红尘后,受戒为道士,道号法真。斯坦因到来时没有找到他要找的人,不巧的是,掌管着藏经洞钥匙的王圆箓外出化缘,斯坦因知道王圆箓的那把钥匙锁着他一定想知道的秘密,便决定守株待兔。毕竟,一个好的猎手,需要耐心。

  交通不便的时代,等待的过程应该是漫长的。等待中的斯坦因,沿着离敦煌不远的古长城遗址漫步,他是想碰碰运气,万一有意外的收获呢?他知道这片长着故事的土地之上,两千多年的历史尘土下,一定覆盖着很多他想要的东西,只要他轻轻吹开那层薄薄的尘埃,就一定会露出许多鲜为人知的发现。没想到运气真的不错,在距敦煌不远处汉代烽燧的一处垃圾堆里,斯坦因发现了一个几乎腐烂的邮包,里面装着残破不堪的8封信函。

  文字蚯蚓一般弯弯曲曲,斯坦因像是在看天书。信札中的文字非常古老，没有人能看懂写的是什么。对文字十分敏感的斯坦因非常兴奋。直觉告诉他，这一定是不同凡响的古物。无疑，他又淘到了一批宝贝。

斯坦因似乎找到了开启历史的一把钥匙，迫不及待地想要占有它、研究它、破解它。令斯坦因自己也难以置信的是，这些信竟是1700年前的物品——它的主人，是一群来自中亚的粟特商人。

太珍贵了。斯坦因决定破解它。

有一封信是用棕色的丝绸缠着，残缺的封皮上写着"撒马尔罕"字样，那是收信的地址。写信者向他的老爷感慨着时局，说匈奴人刘渊攻占了洛阳，俘虏了晋怀帝，宫殿被付之一炬。洛阳不复存在，邺城也不复存在，到处都是饥荒。派去"内地"的人三年没有回信了，不知道过得怎样？

他不知道中国人能否把匈奴赶出去，也不知道自己在中原的生意是否还能做下去。

还有两封信是一个女人发出的，寄给自己的母亲和丈夫。她和她的女儿被遗弃在敦煌已经三年了，没有钱，没有衣服，只有寺院的僧侣肯接济她。为了生存，她要学习中国人的礼仪，并且卑躬屈膝地服务中国人。她向商业伙伴求助，想要和丈夫团聚，却被拒绝，又找到了地方官，也没有什么结果。

被遗弃的痛楚化作一腔怒火，她在给丈夫的信中说："一定是我在遵从你来到敦煌的命令那天起，就惹恼了诸神！我宁愿嫁给猪狗，也不愿成为你的妻子！"（艾公子《疑案里的中国史2》）

很显然，这些都是未能发出去的信，因为某些原因没有送到本该收信的人手里。从破译而出的字里行间可以看出，商人的迷茫、妇人的哭诉，被掩埋在了长城的烽燧之中。

如今，这些古信札陈列在大英图书馆，无声地躺在历史的夹缝里。而信件的主人——粟特人，却消失在茫茫天地之间，无影无踪。

粟特人，古代丝绸之路上最为活跃的一群人。公元4世纪初，一群来自中亚的粟特商人，跋山涉水到达中国。他们以武威、敦煌等地为据点，在洛阳与中亚之间贩运丝绸、香料等商品。他们旅居在中国西北，常常写信寄往家乡或者楼兰，有的为了生意，有的为了家人。

茫茫史海中，粟特人是谁，他们从哪里来，他们怎样生活，很少有人知道。

历史烟尘里，粟特人最早出现在公元前6世纪的一篇文献中。一篇波斯帝国阿契美尼德王朝的文献最早提到，居鲁士大帝征服了生活在中亚阿姆河中游，大概在费尔干纳盆地以西地区的一个很有个性的族群，他们生活在农耕世界与草原游牧民族接触的边缘地带。被波斯征服后，该族群就被当作波斯诸族的一支，因其居住地名字叫"粟特"而得名。

中亚河中地区这片被沙漠和高山包围起来的农耕地带，是整个亚欧大陆交通要道上的一个重要枢纽，粟特人就生活在这个枢纽的西部——此地夹在东方的中华文明、西方的两河流域文明与南方的印度文明之间，依赖三大农业文明成果的输入。地缘政治上，自古就是兵家必争之地。

也即是说，这个看似舒适的地方，压根儿就不是粟特人能把持得住的真正的家园。

或许时日太过久远，这样的解释也让一般人不知所云。也无所谓，我们只需知道，粟特这个地方孕育出了一个历史悠久又特别优秀的族群就可以了。之所以要特别提到"粟特"这个地名，是想说明环境的重要。人是社会的产物，更是世间的精灵，如果粟特是个四塞之地，孕育出来的人肯定会是另外一个样子。

粟特人起源地以东的费尔干纳盆地，后来成为乌兹别克斯坦、吉尔吉斯斯坦、塔吉克斯坦三国的交汇地。此地生活着1100万人、100多个不同的民族，自古族群关系错综，国境犬牙交错，领土飞地林立，地缘政治关系复杂，冲突不断。因而还有了一个十分形象的称谓——"中亚火药桶"。

之所以有这种局面，根本上是因为这里位于整个欧亚大陆中心地带的通衢枢纽，数个文明中心都对费尔干纳盆地产生影响，不同文明与信仰都在这里汇聚交流。

或许正是如此复杂的环境，才锤炼出粟特人这样的精灵。

和平年代，这固然能够缔造多元共存的繁盛局面，但到了动乱时期，多元交融的局面就有可能成为反目成仇的诱因，任何简单的冲突，都可能跟民族、宗教或文化冲突诸多因素纠缠在一起，演变为延绵不绝、难分难解的战火。

因而，从第一批最初叫作粟特人的种群开始，粟特人漂泊于天地之间，在夹缝里来回穿梭，显得精明而无奈，从容而不迫。

公元前6世纪，来自伊朗高原的波斯大帝居鲁士征服了粟特地区后，将其纳入波斯帝国的统治。此时的波斯帝国，还是一个松散的组织，其治下的众多族群与城市，很大程度上都保留了自治权。

就这样，粟特人得以保留自己的生活方式与文化习俗。

粟特人很早就发现了他们居住之地的两件宝贝——天青石和石榴石，这两种石头是装饰宫殿和艺术品的最佳材料。俗话说，靠山吃山，靠水吃水。粟特人凭着垄断这些宝石的贸易，开始逐渐崛起，在中亚地区的商贸路线上，虽然也渐渐有了自己的名声，但因古代开采技术落后，产能有限，客观来讲，相对其他农耕中心地带而言，当时中亚地区的繁荣程度与技术水平还是比较落后的。魏义天在《粟特商人史》中告诉我们，在公元初年之前，粟特人是中亚商业民族中最不发达的一个。

作为连接中东亚、欧洲、非洲三大洲的交界区，自古以来伊朗高原就是各个权力集团兵锋所指之地。公元前4世纪，随着欧洲战神亚历山大东征，伊朗高原上第一个大一统的波斯王朝——阿契美尼德王朝走向灭亡，这时，粟特臣服于马其顿帝国。之后，亚历山大娶了一位粟特贵族的女儿罗克姗为妻，并生下了他的继承人亚历山大四世。终于与权贵沾上了边，夹缝中生存的粟特人，其景况有所改变。

与亚历山大攀上了亲戚，粟特接受了希腊人的统治，成为希腊—巴克特里亚王国（西方学界多认为此即中国史书中的大夏）的一部分。

这一时期，浮萍一般的粟特人，又进入了希腊化时代。

词条 粟特人

粟特人原是古代生活在中亚阿姆河与锡尔河一带，操伊朗语族东伊朗语支的古老民族。作为丝路贸易集散地和中转站的疏勒，吸引粟特人到此经商并定居。直到11世纪，喀什噶尔城郊还有大批的操粟特语的村落。粟特人建立过许多绿洲城邦，但从没有建立过统一的国家，因此长期受周边的强大外族势力的控制。粟特地处东西、南北交通的十字路口，粟特人充当了欧亚大陆文化交流的中介，西方文化的东传、中国文化的西播都有赖于他们的媒介作用。从东汉时期直至宋代，他们通过漫长的丝绸之路频繁往来于中亚与中国之间，成为中世纪东西方贸易的承担者。汉唐时期大量粟特商人移居中国内地，文献中留下了他们活动的诸多踪迹，也有不少考古遗存遗留至今。洛阳等地也发现不少粟特后裔的墓葬或墓志，唐代的安禄山等更是著名的粟特后裔，曾掀起了巨大的政治波澜。据文献记载和考古遗存，粟特人迁居中国后，活动范围主要在北方地区，以丝绸之路沿线的西域、河西、关中、中原为中心，尤其集中于河西诸镇、长安、洛阳、太原等地。南北朝对峙时期，粟特人到达南方的道路被阻隔了，无法大规模移民南方。粟特人一般穿白衣，以麦面和羊肉为主食。粟特人的宗教信仰主要有祆教、佛教、景教、摩尼教，后来还改信了伊斯兰教。粟特的历法继承波斯，实行祆教历。

出色的语言天赋和商业禀赋

公元 7—8 世纪的文献告诉我们,粟特地区城邦林立,各个城邦的君主并不一定是父死子继,也有可能被人民罢黜和通过选举上台。以至于研究粟特史的法国历史学家魏义天感叹,这使他想起了中世纪晚期意大利的商业自治。张笑宇先生在其专著《商贸与文明》中敏锐地发现了另一个关键点:正是古希腊城邦的政治经验,让天生聪颖的粟特人从中悟出了"商"元素。他研究认为,古希腊城邦政治经验与粟特人后来的商业生涯,是极其匹配的。

与暴力精英不同,商人知道必须尊重行业内部专业精英的意见,因而必须在政治制度上采取协商的方式,而不是粗暴地实施一言堂。

而且,商人的思维方式是,暴力可以为交易服务,掌握王权不如掌握世代传承的财富来得稳定一些。况且,粟特这个地方可能随时受到西南部伊朗高原上强大敌人的威胁,东面则有匈奴和中国这样强大的帝国,哪怕是附近的大夏或撒马尔罕,也不是粟特人能与之抗衡的。

这种地区的君主如果产生了欲壑难填的军事野心,其命运将会非常悲惨。

因此，倒不如专注做生意来得妥当。（张笑宇《商贸与文明：现代世界的诞生》）

或许，避开各大派的政治锋芒，"专注做生意"才是夹缝中求生存的粟特人最为实际的"生存智慧"。这种特殊的命运历练，成就了粟特人独特的智商与情商，还有极其高超的处世能力。

却说，亚历山大去世后，马其顿帝国很快分裂。他的部下塞琉古控制了原先的波斯帝国疆域，把大批不顺从的希腊人迁徙到粟特，推动了中亚的希腊化进程。公元前3世纪中叶，塞琉古帝国衰弱，巴克特里亚总督狄奥多特一世趁机独立，建立大夏王国，此间弱小的粟特这时候应该就属于大夏的管辖之下。

公元前2世纪，北方游牧民族塞人和大月氏入侵大夏。这里的大月氏，就是中国史书中记载的，被匈奴单于把国王头盖骨制成杯子的那个大月氏，也是西汉时汉中郡城固县（今陕西省城固县）人张骞出使西域时，汉武帝想要联络的那个大月氏国。

张骞初次出使西域是公元前139年，回来是公元前126年。张信刚教授研究判断，前后相隔13年，张骞出去和回来走的是两条不同的路。

张骞出使西域的故事，我们都不陌生。公元前139年，张骞以中郎将的身份被汉武帝刘彻选派出使西域。他带了一百多人，从匈奴所控制的河西走廊进入塔里木盆地东部时被扣留。匈奴单于想要招降他，给他很好的生活条件，并许配胡女给他为妻，但张骞不愿降服，所以只能靠自己的能力在监视下生活。直到等待了11年之后，张骞居地的监视有所松弛，他就带着妻子和胡仆乘机逃脱。这时，当初随他出使的一百余人都已失散了。因为他身上一直保有汉朝的符节，使命还没完成，便决定不回长安而向前途未卜的西方走，先到大宛（今乌兹别克斯坦东部的费尔干纳盆地），又转往康居（今哈萨克斯坦南部）和大夏（今天阿富汗北部），终于找到和匈奴有宿仇的大月氏人。

经过一年多的努力，他无法说服已经安于新生活方式的大月氏人与汉朝联合对抗匈奴，于是决定绕道塔里木盆地之南，沿昆仑山北麓东返，以免再与匈奴遭遇。但不幸在青海地区又被匈奴俘虏。一年多之后，因为匈奴单于去世，内部生变，他得以逃脱，终于带着妻子和匈奴义仆回到长安。张骞对西域的报告，使汉朝首次知悉河西走廊以西广大地区的地理与人文。这样重要的新知识是因汉朝有张骞这样的坚贞之臣而获得的。

张骞无疑是伟大的，作为汉朝的使臣，他以自己特有的坚毅和忠勇，巩固了汉王朝和西域的商贸文化关系。

张骞第二次出使西域是去乌孙（今伊犁河流域），率领三百余人，带着大批牛羊和丝绸、币帛前往。回来时，乌孙派出过百人的使团随行，一年后返回乌孙。

这，便成为汉朝和西域国家正式来往之开端。

之后的历史，我们就不再陌生了。大月氏人将大夏分为五个部族，每个部族的酋长称为"翕侯"。五个翕侯中的贵霜翕侯消灭了其他翕侯，击败安息（帕提亚帝国），又南下攻取克什米尔地区，建立起贵霜帝国。

贵霜帝国从时间上一直延续到公元 4 世纪，疆域上统治了从中亚到今天印度中北部的地区。因为贵霜帝国的国王不是印度贵族出身，故而他抬升佛教地位贬低婆罗门教，使得佛教传遍中亚地区，并进入中国。无疑，他的这一举动，改变了世界信仰版图。

顽强的粟特人，历经波斯、马其顿、大夏、贵霜、嚈哒等数代统治者，正所谓"城头变幻大王旗"，每一任"大王"面前，粟特人都是被统治的对象。长此以往，这样的不断变幻让粟特人习以为常的同时，也让他们悟出了一个道理：不管谁来做我的主人，我都接受；不管哪个统治者上台，都需要吃饭和人民生活幸福。哪个统治者都需要这类"没有野心"的商人，因而粟特人可以左右逢源，花钱买平安，不断地延伸其贸易网络，不仅可以如鱼得水，关键时刻还会成为被拉拢的重要对象。

　　也许是受到这种政治经验的影响，粟特人渐渐磨炼出一种生存本能——交流。语言是交流的重要媒介，那就首先学习与掌握周边各民族的语言，让孩子们从小训练，慢慢形成一种习惯性自觉。久而久之，这个民族的语言天赋，几乎影响到了每一个粟特人。中国史书记载，粟特人通"六蕃语"或"九蕃语"，说的就是这个民族通晓多种语言。

　　除却后天培养起的语言天赋外，粟特人培养的另一个生存本领，便是做生意的能力。粟特人"高鼻、深目、嗜酒、好歌舞于道"，多以赚钱为己任，他们有着极强的商业天赋，父母也非常注重培养孩子的经商兴趣和能力。康国粟特人里，男孩子五岁起便要读书识字，差不多同时就得去练习做生意，赚的钱越多越好："康国人并善贾，男年五岁则令学书，少解则遣学贾，以得利多为善。"（韦节《西蕃记》）等到男子年满二十岁，便不再局限于在本地发展，而是去临近地区做生意，哪里有商机就去哪里，所谓"利之所在，无所不至"。《新唐书·西域传》中记载，康国的粟特人在儿子出生后，就是要去经商的。"生儿以石蜜啖之，置胶于掌，欲长而甘言，持珤若黏云。"（《新唐书》）

说出的话，要像蜜一样甜，这样就能卖出去东西；手中的钱，要像胶一样粘得稳，这样才不会吃亏。

在从小的培养和历练之下，粟特人对生意的爱好和对"利"的追逐刻到了骨子里。没办法，这样的倒逼，有点像中国的温州人。我的一位温州朋友告诉我，温州的男孩女孩结婚后，三天还待在家里的话，父母就会催促离开家门，外出挣钱。这种习俗据说缘于温州历来地少人多，生存压力大。有专家如是总结温州人的特性：

白手起家、艰苦奋斗的创业精神；
不等不靠、依靠自己的自主精神；
闯荡天下、四海为家的开拓精神；
敢于创新、善于创新的创造精神。

这种精神，也正是粟特人的鲜明写照。

古代社会的贸易往来，不像现代社会有全球统一标准和市场规范。很长一段历史时期，长途贸易的交易风险是很高的，商人们要面对各种各样的威胁，更多的往往是人身安全威胁，杀人越货的事见惯不惊。一部《太平广记》看得我们心惊肉跳，里面全是许多行人被盗贼所害的血泪控诉。李公佐《谢小娥传》中，主人公谢小娥的父亲和丈夫两家十几人均被水盗害死，仅谢小娥一人因坠落江中而奇迹生还，可见当时盗匪的残忍。除了明火执仗、抢夺财物的山贼路匪外，撑船的舟子、茶馆的掌柜、偶遇的旅伴乃至随行的仆夫，都可能在转眼之间凶相毕露，成为谋财害命的杀手。

那些盗贼中的胆大者，连皇帝的东西也照抢不误。唐太宗时，文成公主入藏后送回长安的贡品，就曾在陕西凤翔被盗贼劫掠一空。因而，张笑宇认为，古代控制贸易风险最有效的途径，就是熟人关系。换句话说，古代社会即便是跨国贸易，也不是在陌生人与陌生人之间发生的，而是在熟人与熟人之间进行交割的。本地消费者跟本地代理商打交道，本地代理商跟中介商打交道，中介商跟货物来源地的卖家打交道，货物来源地的卖家再跟生产商打交道。

一层一层的熟人网络，都是以信任为基础，其中的每一个环节，都高度依赖商人之间的人际网络。这些环节中，中介商对缓解信息不对称所做的贡献最大，他们可能跨越数百公里、翻山越岭、长途旅行，要将两个不认识不了解的陌生人的货物交织在一起，形成一种情感上的化学反应。

而粟特人正是这种化学反应中最好的催化剂，他们所处的地理位置、风俗习惯，以及从小学习多种语言的生活方式，恰好就是为这种角色准备的。

粟特商人在中亚商路上，对中介角色的垄断地位，可以从荣新江《中古中国与粟特文明》中找到答案。新疆吐鲁番市高昌区阿斯塔那古墓群中，出土了一份约公元7世纪初记录的文件，统计了当时吐鲁番35笔商业交易中，有至少29笔涉及同一位粟特人，有13笔交易的买卖双方都是粟特人。

新疆吐鲁番离粟特大约1500公里，相距如此之远，而粟特人在当地商业中的地位却如此重要。这足以证明，到公元7世纪早期，粟特商人已经成功控制了陆上丝绸之路。

词条 张骞通西域

指汉武帝时期希望联合月氏夹击匈奴，派遣张骞出使西域各国的历史事件。建元元年（前140），汉武帝刘彻即位，张骞任皇宫中的郎官。建元二年（前139），汉武帝招募使者出使大月氏欲联合共击匈奴，张骞应募任使者，于长安出发，经匈奴，被俘，被困十年，后逃脱。这种逃亡是十分危险和艰难的。在匈奴的十年留居，使张骞等人详细了解了通往西域的道路，并学会了匈奴人的语言，他们穿上胡服，很难被匈奴人查获。因而他们较顺利地穿过了匈奴人的控制区。西行至大宛，经康居，抵达大月氏，再至大夏，停留了一年多才返回。在归途中，张骞改从南道，依傍南山，企图避免被匈奴发现，但仍为匈奴所得，又被拘留一年多。元朔三年（前126），匈奴内乱，张骞趁机逃回汉朝，向汉武帝详细报告了西域情况，武帝授以太中大夫之职。因张骞在西域有威信，后来汉所遣使者多称博望侯以取信于诸国。张骞出使西域本为贯彻汉武帝联合大月氏抗击匈奴之战略意图，但出使西域后各文化交往频繁，中原文明通过丝绸之路迅速向四周传播。因而，张骞出使西域这一历史事件便具有特殊的历史意义。张骞对开辟从中国通往西域的丝绸之路有卓越贡献，举世称道。

悠扬而空灵的驼铃声

世界商业文明的历史长河中,有很长一段时间,中国的丝绸都扮演着极其重要的角色,所以横跨东西方线路最长、影响也最深远的那条路,被命名为"丝绸之路"。

孕育人类早期文明的"肥沃新月"(地中海东南沿岸延伸到波斯湾一带)以南,是世界上最大的半岛——阿拉伯半岛。这一半岛上最为辽阔的景色是一望无垠的大沙漠,占去总面积的五分之二:南部有鲁卜哈利沙漠,素有"空无所有之乡"或"无人烟地区"之称,北部有大内夫得沙漠,中间的小内夫得沙漠如同一条狭长沙带将南北沙漠连成一片。

这片为沙漠主导的土地是阿拉伯人的故乡。当连接东西方的丝绸之路开通之后,阿拉伯半岛以其连接亚非两洲、地当交通要冲的位置大获其利。拜占庭帝国与萨珊波斯之间的长期对抗使阿拉伯人意外发现了一条新的财富之道,经由阿拉伯半岛西部连接"肥沃新月"和也门的商道迅速发展起来。循着丝绸之路从东方运来的货物用船渡过阿拉伯海之后,通常在也门卸货后改走陆路,由阿拉伯人的骆驼队沿着半岛西岸向北行,这样的驼队一般由2000头骆驼组成,每头骆驼驮载着400磅重的丝绸、香料、象牙、香药、贵重金属。

陆路的北端，分为三条支路：一条到埃及，一条到叙利亚，一条到美索不达米亚。到叙利亚去的支路，可以直达地中海沿岸港口，再登船运到欧洲各地。反之，来自欧洲的货物大多也由阿拉伯人通过陆路运到也门，再从此处装船运往波斯。位于南北商队往来要道上的麦加（穆罕默德先知的诞生地）很快也从"一个没有庄稼的山谷"发展成为重要的商业城市。

可商路带来的滚滚财富引来了强邻垂涎。525年，在拜占庭的怂恿和支持下，埃塞俄比亚出兵7万，跨红海征服也门。570年，萨珊波斯的军队又赶走了埃塞俄比亚人，在也门确立了自己的统治权。天灾与人祸不期而遇，大约570年或575年，在灌溉农业中起着至关重要作用的马里卜大坝废毁，原因可能是暴雨或地震，"从此，美丽的花园就只能生长苦果"，5万人被迫离开家园。

更加釜底抽薪的是，波斯人占领也门时期将欧亚间的商道从红海转移到波斯湾。随着商路的断绝，以商业为主干的阿拉伯社会的经济平衡不复存在。在半岛的大部分地区，原本在商路沿线的城市缩小或消失了，游牧生活取代了商业和农业，许多靠过境贸易生活的部落平民愈加贫困，驮夫、搬运夫和以保护商队为业的人无以为生。

而就在波斯人占领也门的570年，穆罕默德诞生了。穆罕默德在短短的一生中，把阿拉伯人团结起来，使他们成为一个坚强的民族；把一个仅仅是地理上的名称改变成一个有组织的国家；建立了一个伟大的宗教，奠定了一个大国的基础。当先知在632年归真时，阿拉伯半岛已经告别了动荡与混乱，在伊斯兰教的旗帜下首次实现了政治统一，预示了惊天变局的到来。

我们的传统认知里，中国古代历史上强调南北对抗，称长城的功用是挡住胡马铁蹄，其实这只是一个方面。像唐朝这样有实力的朝代是不修长城挡胡马的，这时的长城还有另一个功能，就是东西交通时保护沿线商旅和商道的通畅。原来，唐代的馆驿都跟烽燧连用，那些地区，只要有一个泉眼就会立一个"烽"，只要有一个"烽"就会立一个"驿"。"驿"是交通往来的，"烽"是防御的，两者组合在一起，实际上发挥了一种新的功能——保护丝绸之路。

作为传承伊斯兰教历史上政治制度的重要载体，哈里发朝廷在商路上为客商设置了宿舍和驿站，开掘了水井，设立换马站。在倭马亚王朝（661—750）时期，商路上的驿站已达到1000个。

一时间，无数商队涌向东方，丝绸之路响彻驼铃声。

丝路贸易的繁荣、思想文化的交互在很短的时间内将这个从沙漠崛起的阿拉伯帝国推向了兴盛的顶峰。帝国最著名的驿道即是横贯中亚的呼罗珊大道（丝绸之路的中段），它向东经布哈拉、撒马尔罕，直至今吉尔吉斯共和国境内的奥什，更自奥什东南行，过特列克山隘至我国新疆的喀什，循丝绸之路至大唐的京城长安。20世纪60年代，西安市西窑头村的一座晚唐墓葬中，出土了3枚阿拉伯金币，其年代分别为公元702、718和746年，便是阿拉伯半岛与中国通过陆上丝绸之路往来的实物证据。当时，中国的丝绸、陶瓷、茶叶、工艺品已经成为阿拉伯商人经商致富的财源象征。谁能到中国经商，谁将会成为巨富。流行在西亚的一本书《印度浪迹记》里记述一个犹太商人以极少的资金在公元883—884年去东方经商，公元913年回到阿曼后已成巨富，他拥有大批中国丝绸和瓷器。他将一件精致的中国青瓷壶献给了阿曼城的统治者,从而获得很高的社会地位。

此类"中国梦",在当时几乎是所有阿拉伯商人的梦想。

唐朝都城长安,不仅是物质文化的聚集地,也是精神文化的汇集区。这里既有来自西亚大食与波斯帝国的国王贵族,又有投诚而来的突厥、粟特首领;既有掌握着丝绸之路商贸命脉的胡人商队萨宝,也有通晓多国外语的中书省译语人。这些人员的数目十分庞大,据《资治通鉴》记载:

自天宝以来,安西、北庭奏事及西域使人在长安者,归路既绝,人马皆仰给于鸿胪,礼宾委府、县供之,于度支受直。度支不时付直,长安市肆不胜其弊。李泌知胡客留长安久者,或四十余年,皆有妻子,买田宅,举质取利,安居不欲归,命检括胡客有田宅者停其给。凡得四千人,将停其给。

即使在安史之乱交通断绝后,仍有四千人留居长安城,由此可以估算在盛唐时期西域胡人在长安的数量应该比此数字大得多。这些胡人在长安城内入仕、学习、交游和构筑园林,其中来自大食的阿拉伯人自然不少。唐朝长安城在西市周边设立了众多依寺庙而建的胡人居住区,其中既有萨宝府的祆教徒寺庙居住区,也有义宁坊的摩尼教大云光明寺,同时也有大食穆斯林的蕃坊,诸教荟萃于长安城中,相安无事。

唐高宗显庆六年(661),朝廷在广州设立了第一个专门管理对外贸易的官职——市舶使。"东南际海,海外杂国,时候风潮,贾舶交至,唐有市舶使总其征。"当时的广州城西郊沿海地区有大量海外商人设立店铺,销售货物。为了方便对外国人进行管理，唐朝在长安与广州等大城市建立"蕃坊"，供外国人居住和活动。唐太和年间（827—835），房千里《投荒杂录》中记曰："顷年，在广州蕃坊，献食多用糖蜜、脑麝，有鱼俎，虽甘香而腥臭自若也。"这表明当时在广州，就有饮食风格与唐人迥异且多用各色香料的西亚人士。

丝绸之路与中国的贸易也带动了阿拉伯帝国内的一批重要的工商业城市手工业的繁荣。巴格达的制纸业、丝织业和陶瓷制造业，大马士革的金线绣缎和各类丝绸，亚历山大的丝织业，无论原料、工艺，甚至工匠基本上都来自中国。在怛罗斯战役（本书上卷第1章曾详细介绍过）后被掳往阿拉伯帝国的杜环，将在阿拉伯的生活和游历见闻写入他的《经行记》中，书中杜环还提到了库法的陶瓷和玻璃市场，在库法遇到了一些来自大唐的画师和纺织技工，比如京兆（长安）人樊淑、刘泚等"汉匠起作画者"，河东（今山西西南部）人乐寰、吕礼等"织络者"（纺织技工）。

从商业的角度讲，中国的丝织品、瓷器、茶叶，对丝路沿线特别对西方产生极大冲击。香料属于携带方便但价值又很高的商品，运费低廉而回报丰厚，故而成为丝绸之路贸易中西方得以实现平衡的重要砝码。阿拉伯半岛正是香料的产地。据古希腊学者希罗多德的记载，"整个的阿拉比亚，都放出极佳美的芬芳"，那个地方是乳香、没药、肉桂、桂皮的唯一产地。作为皇室和上流社会的高档消费品，香料在唐宋中国人生活中有重要的地位，单靠州郡的土贡远远无法满足需求，因此中国成为阿拉伯香料的主要市场。以乳香为代表的海外香料在中国市场的价格相当昂贵，以至宋朝政府三令五申禁止进贡乳香等高级消费品，但其效果正如古罗马政客企图抵制作为奢侈品的丝绸一样无济于事。

繁荣的丝路贸易甚至已经影响到阿拉伯统治者的政治决策。公元762年，哈里发曼苏尔选择巴格达这个底格里斯河西岸的小村镇作为帝国的新首都，他的理由就是，"这个东倚底格里斯河、西滨幼发拉底河的岛屿真是天下商业荟萃之地"。这个决定很快就被证明是明智的。

很短时间内，766年方才建成的巴格达就已成为名副其实的"天赐花园"：

它的规模最庞大，它的建筑最庄严，它的河流最充盈，它的空气最纯净……

畅通的丝绸之路使得这座阿拉伯帝国的首都繁荣富庶。巴格达市场上有从中国运来的瓷器、丝绸和麝香，城里甚至有专卖中国货的市场，以满足人们对于中国商品的狂热追求；有从印度和马来群岛运来的香料、矿物和染料；有从中亚运来的红宝石、青金石和织造品；有从斯堪的纳维亚和俄罗斯运来的蜂蜜、黄蜡和毛皮；有从非洲东部运来的象牙和金粉……无怪乎时人惊呼这个阿拉伯帝国的财富中心和国际大都会是一个举世无匹的城市。

丝绸之路上不仅有商品的买卖，也有思想的交汇。左右逢源的地理位置使得阿拉伯帝国在文化层面同样取得了巨大的成就。阿拔斯王朝（750—1258）的前几任哈里发崇尚学问，把巴格达变成了当时世界的学问中心。在这里，"世界各地的科学被译成了阿拉伯文，它们获得修饰而深入人心，其文字的优美在人们的血管里川流不息"。

可以说，在中世纪的黑暗中，是穆斯林世界的星光照亮了地中海世界的科技天空。"阿拉伯留传下十进位制、代数学的发端、现代的数学和炼金术，基督教的中世纪什么都没有留下。"（恩格斯《自然辩证法》）"当欧洲文艺复兴时期的伟人们把知识的边界往前开拓的时候，他们所以能眼光看得更远，是因为他们站在伊斯兰世界巨人们的肩膀上。"尼克松曾这样总结。

而对于丝绸之路来说，阿拉伯人使用印度发明的数学字母在以中国技术制造的纸张上继续发展由古希腊人开始的"精确的自然研究"这一事实，已经比任何言辞都更雄辩地证明，这条贯通欧亚的古老商路同样也是联系古代人类智慧的重要纽带。

词条 **新月地带**

是指西亚地区两河流域及附近一连串肥沃的土地，包括黎凡特、美索不达米亚，包括今日的以色列、巴勒斯坦、黎巴嫩、约旦、叙利亚，以及伊拉克和土耳其的东南部、埃及东北部。由于在地图上好像一弯新月，美国芝加哥大学的考古学家詹姆士·布雷斯特德把这一大片肥美的土地称为"新月沃土"。新月沃土上的三条主要河流约旦河、幼发拉底河和底格里斯河的流域合共40万至50万平方公里，现有人口4000万至5000万。约公元前3500年，这里出现了城镇、神庙、宫殿和文字，成为最早的文明发祥地之一。在几千年的历史长河中，先是苏美尔人在两河流域下游定居，并建立了很多小国。公元前18世纪，古巴比伦国王汉谟拉比统一了两河流域，建立起强大的国家，定都巴比伦城。约从公元前3500年开始，两河流域的苏美尔地区出现了有城墙的城市。乌尔城矗立在幼发拉底河东岸，周围砖墙环绕，墙外有宽阔的护城河，便于交通运输，加强防卫能力。河边停泊着许多商船，它们把货物从一个居民点运到另一个居民点。

粟特人的黄金时代

粟特人入华的时间，大约是公元3世纪甚至更早。每一个粟特人都长着一只对商业有天然嗅觉的鼻子，无疑，他们是为谋求商业利益而参与到丝绸之路贸易中的。他们频繁往来于中亚与中国之间，并由此在丝绸之路沿线定居，形成了许多粟特聚落。粟特人越来越专业的商业手法和运作方式，丰富和发展了丝绸之路的形态和业态。他们通过拓展商业网络、控制中转贸易等方法垄断丝绸之路的贸易，成为中世纪东西方贸易的承载者。

中古时期丝绸之路上的贸易主要担当者，应该就是粟特人。姜伯勤教授认为，这些人不仅做粟特本土和中国的生意，也做中国和北方游牧民族的生意，还做中国和印度的生意、印度和粟特的生意……一句话，只要有利可图，他们就会趋之若鹜。很大程度上讲，粟特人实际成了贸易的担当者，甚至说垄断者。

北周时的粟特人，就已经把中国视为第二故乡。20世纪90年代，中国发现了几个非常重要的墓葬，墓主就是粟特的商队首领。一个凉州萨保（凉州的粟特聚落首领），被皇帝给了一个地，埋在了北周长安城的东郊，距离大明宫的北墙非常近。这个墓规模非常雄伟，跟北周皇帝墓室差不多，里面有一个石椁，是一个石头房子。墓葬大体按照中国土葬的方式，但跟中国的土葬又不完全一样，他们利用整个石椁或者石屏的周边来画他们的生活和宗教场景。甚为有意思的是，墓室里有个守护神，窗户底下两个人面鸟身的神，正在摆弄着火坛。粟特人认为，人去世之后，第四天要把一个人的灵魂送到一个桥，你是好人就过桥升天，如果是坏人就掉到水里面被怪兽吃了。墙的另一面刻着墓主人夫妇带着自家的财产、牲口、驼队过桥的样子。

有意思的是，在粟特地区一直做考古的法国中亚考古学家葛乐耐，多年在粟特地区竟没有见过一张商人像。原来粟特人不表现自己为商人，曾步行去印度学习佛法的唐朝著名僧人玄奘也曾说过，粟特人本来是商人，"财多为贵，良贱无差"。很有钱，但是十分低调，平常穿得很一般。取经之上，玄奘与粟特人也有着不浅的交际。贞观初年，玄奘冒着违反禁令的风险，在没有官方许可的情况下私自前往西天取经。虽然在从甘肃前往新疆的旅程中，备尝艰辛，甚至因为迷失道路差点死在沙漠里，但是到达吐鲁番的玄奘，凭着自己卓越的学识和高深的修为，打动高昌国王。于是，他从一个越境偷渡者，变成公费支持的留学僧。甚至还因为携带国王赠予的大量财物和仆人，被同行的商人选为商队首领。

原来，玄奘一路上就是搭着粟特商队走的，特别是他回程的时候，还被粟特选为商团的大商主，就是萨保。季羡林先生讲过，商人和僧侣一直是结伴而行的，几百人的队伍，看来玄奘具有一定的领导能力。

中国发现的粟特首领墓葬里，几乎都有商队的场面。商队一般都要两三百人一起上路，敦煌壁画里面，就有一幅"胡商遇盗图"。画面上，有赶牲口的，也有警卫，商队最后面的那个人，戴着一顶船形帽,十分警觉地拿着一个望筒,主要是看远处还有没有敌情,以便及时报告。

中亚的阿姆河和锡尔河正是丝绸之路上东西南北的通道,是文明的十字路口,或者商业的十字路口。向南是印度,向北是游牧的突厥、柔然、匈奴,往东到中国,向西是波斯、罗马。据说,某地萨保府有一个门楼,东边画中华皇帝,北面画突厥可汗,南面画印度的国王,东面画拂菻(东罗马)王。粟特人的民族性就是这样,四海为家。只要有利,再远的地方粟特人都要跑过来。

唐代的中国,是粟特人理想的黄金时代。唐朝是中国历史上对西域最为开放的朝代,李唐皇室宣称自己来自陇西世家,唐王朝的上层社会十分喜爱胡风胡俗,西域文化就此在中国大范围扩散:西域的食谱传入中国,胡饼(馕)成为街头大受欢迎的小吃,中国人上元节点灯的习俗传自中亚诺鲁孜节,杨贵妃从安禄山那里学得了胡腾舞。魏义天在《粟特商人史》甚至说,唐玄宗本人都会打龟兹鼓。

这种情况下,为唐王朝继续效力,提供大量商业税源并发挥外交才能的粟特人受到非凡的礼遇。粟特人在当时获得了一个中国化的称呼,即所谓的昭武九姓。据说他们曾经定居在"昭武"(今天甘肃武威、张掖一带),后迁徙至中亚的泽拉夫善河流域。所谓"九姓",是史书上曾记录的多个大大小小城邦国家,主要包括康居(撒马尔罕,其时已粟特化)、史(史国,又称竭石国)、安(即布哈拉)、曹(曹国)、石(塔什干)、米(米国)、何(何国,又称贵霜匿)、火寻(即花剌子模)和戊地等。这些地方的胡人以国家为姓,其中以撒马尔罕为中心的康国最大。

甚至，更进一步讲，隋唐时期大量文献记载中的"胡"，多数指的就是粟特人。

当时的中国官方，只承认来自粟特城邦入贡的方物，不承认费尔干纳、花剌子模或吐火罗等地区的贡品。长安建立了五座粟特人祆祠（即祆教祭祀火神的寺院），长安西市更成为粟特人聚集地。《粟特商人史》说，粟特商人甚至还在中国境内经营高利贷，以至于政府在8世纪后半叶，不得不采取措施限制汉人的欠债数额。

一个异族群体，能在另一个国度享有如此高的地位。这，应该是粟特人在中国历史上最辉煌的时代。

在粟特人于中国享有的诸多优待权中，最独特的一点，就是粟特聚落在长安城享有的高度自治。粟特聚落的领袖，叫萨保（也称"萨宝"或"萨甫"）。萨保既是聚落领袖，也是商队领袖，经常还总管商业事务。上文介绍过，玄奘就曾被他们推举过当萨保，也证明玄奘其实是有一定组织能力、不一般的和尚。

粟特社会，就是一个以萨保为中心组织起来的等级社会。

古代中国很早就设置有专门的管理机构，其名叫"萨保府"。最早在北周和北齐年代，就开始设置"萨保府"这个机构，一直延续到唐代。通俗说来，就是按分类管理的方式，专门服务与管理这些外来的粟特人。"萨保府"已经成为政府的常设机构，从地方到中央都有。

由此看来，北周至隋唐之际，在中国的粟特人数量是相当庞大的。史载，政府对萨保的设置相当重视。一般一个粟特聚落的规模如果达到200户以上，这个聚落的萨保就要在萨保府注册备案，也就是成为政府承认的官员。这个级别，比一县之长还要高。治理几千户汉人的县长都未必享受的待遇，统领200户粟特人的萨保却可以享受，这足以证明粟特人的地位之高。

一旦当地有萨保的存在，基本就等于官方认可了自治制度的实施。这个聚落内部的一切社会、商业和宗教事务，均可由萨保自行处理。粟特人内部如何通婚，如何祭拜祆教（拜火教）的神，如何决定族中事务，概由粟特人自行决定。官员只需要与萨保沟通并进行问责即可。

这就是从北朝开始，中国政府曾对粟特商人实施过的胡户管理制度。

前文说过，粟特人是以中亚河中地区为中心，往来于两河流域、南亚次大陆与中原地区的商贸民族。就如同罗马人是亦兵亦农的民族，粟特人也是亦部落亦商队的。换句话说，粟特人的商队不是因为生意关系或旅行关系临时拼凑起来的团体，而是在聚落基础之上组织起来的商队。这其实很好理解。中亚丝绸之路的自然条件十分严苛，天气多变，盗匪盛行，商队需要一个强有力的领袖，能对每个成员令行禁止，而在一个临时拼凑起来的商队里，领袖权威是很难实现的。

可以说，此时的粟特商队，已经发展成为高度专业化的、紧密的准军事组织。不然，他们应付不了沿途上的复杂局面。正所谓"艺高人胆大，胆大艺更高"，粟特人经过数十代数百年的艰苦历练，才有能力揽下这个"瓷器活"（中国有谚语云"手持金刚钻，方揽瓷器活"）。

入华粟特人在包容万象的唐代，通过归附、入质、使节、技艺等方式，与汉民族融合后积极参与政治社会生活，同时学习中原文化及儒家之忠君思想，而得到当时统治阶层的认可。后以家族门第、军功、文人科举的途径成为军队、政府等各个机构的官员,并建功立业。

就这样,一波又一波的不断融合中,粟特人逐渐脱离自己的传统聚落,被强大的汉文化所同化。难怪有专家称,汉人是用文化来定义的,具体来说就是以农耕生活为载体的儒家文化。400毫米等降水量线对于农耕的约束,使得人们在越过长城以北若还想活得下去,就必须游牧化,否则是死路一条。而游牧化意味着必须放弃中原式的人际关系结构、家庭结构等,也就是无法再按照儒家的方式来生活了。而历史上那些融入进来的族群,经过时间的发酵,无论从文化认同上还是生活习俗上,都在不断向纯正的汉人一步步靠拢。

词条 唐朝十大胡人名将

屈突通。奚族人，本是隋朝贵族，隋炀帝放弃关中前往南方后，让屈突通辅佐代王杨侑（后被李渊杀害）镇守两京之一的长安。后降唐，在平定王世充、窦建德战役中功勋卓著，入凌烟阁功臣像。

阿史那·社尔。突厥贵族，东突厥处罗可汗之子、颉利可汗之侄，曾反对颉利可汗进攻唐朝，早早西迁到西突厥的地盘上生存。东突厥灭亡后，阿史那·社尔所部在西突厥和铁勒族薛延陀部的夹攻下无力为继，率部内迁，归降唐朝。唐太宗不但封他为左骁卫大将军，还将妹妹衡阳长公主嫁给他，让阿史那·社尔成为皇亲国戚。

契苾何力。铁勒贵族，九岁时就成为铁勒（唐朝时主要居住在热海，即今吉尔吉斯斯坦的伊塞克湖一带）可汗。唐太宗贞观九年（635），契苾何力率部归降唐朝，同年，以随唐军击败吐谷浑之功被李世民重用。

黑齿常之。百济人（今朝鲜半岛韩国境内），唐高宗显庆时期，百济被唐军灭亡，黑齿常之一度降唐，后再次反叛，因实力弱小，始终无法复国。唐高宗龙朔三年（663），黑齿常之再次降唐（唐高宗李治亲自派遣使者招降），后长期在唐朝西南边境任职防御吐蕃，多次击败吐蕃军队，因功升左武卫将军、河源军经略大使（镇守陇右边境）。

高仙芝。高丽人，唐玄宗时期唐军在西域的主要镇将，曾任安西四镇节度使，为唐朝守卫和经略西域通道，防御吐蕃军队和大食军队的入侵。高仙芝擅长山地作战，多次远征并击败吐蕃军队，但在唐玄宗天宝十年（751）远征大食时，于怛罗斯（今哈萨克斯坦境内）被大食军队击败，所部数万唐军仅余千余人，唐朝也在此战后在西域逐渐势微。

哥舒翰。突厥人（突骑施哥舒部人），为唐玄宗时期的河西节度使王忠嗣发掘并提拔，长期为唐朝镇守河西、陇右边境，多次击败入侵的吐蕃军队。唐玄宗天宝六年（747），因军功和唐玄宗的信任，取代王忠嗣任职陇右节度使。安史之乱中镇守潼关，后兵败被俘，为安庆绪所杀。

李光弼。契丹人，其父本是契丹某部酋长，武则天时期归唐，受封蓟郡公。李光弼和郭子仪齐名，并称"李郭"，其为唐朝立下的最大功勋就是和郭子仪一起平定了"安史之乱"，并被史书赞为"战功推为中兴第一"，以军功受封临淮郡王，并"赐铁券，名藏太庙，图形凌烟阁"。唐代宗广德二年（764）病逝。

仆固怀恩。铁勒族人，平定"安史之乱"的大功臣之一，仅次于郭子仪和李光弼。"安史之乱"爆发时，仆固怀恩是朔方节度使郭子仪麾下的左武锋使，在跟随郭子仪剿灭叛军的战斗中成长，且在这场长达八年的平叛战争中，

词条　唐朝十大胡人名将

仆固怀恩一家有四十六口人为唐朝殉难。他本人官至河北副元帅、朔方节度使,爵封大宁郡王。

安禄山。粟特族人,年轻时曾是个落魄的中介,后因偷羊被抓,将要被斩杀时口出大言,反被一旁监斩的唐朝幽州节度使张守珪看重,让他免死从军,并收其为义子。从此,在唐军中一路青云直上。是"安史之乱"的主要角色。

李克用。沙陀族人(西突厥中的一支),晚唐时和朱温齐名的军阀,后唐开创人。李克用崛起时,唐朝已经势衰,但李克用一生坚持奉唐朝为正朔。唐朝末年,黄巢起义席卷天下,唐王朝无力剿灭,号召天下节度使勤王。李克用所部全是沙陀人,本质上算是一支雇佣军,唐朝给名义和官爵,李克用出兵剿匪。

词条 唐朝十大胡人名将

"安史之乱"中的安禄山、史思明

中国人对粟特人最广泛的知晓和最深刻的了解，还是影响大唐命运走向的"安史之乱"。可以说，安史之乱永久地改变了唐王朝的命运。安史之乱不仅是盛唐与中唐的政治分水岭，也是很多粟特人命运的滑铁卢。

安史之乱的最大当事人，是安禄山和史思明——两位地地道道的粟特人。

安禄山的老家，就是柳城。柳城是营州下辖的一座城镇，位于今天辽宁省的朝阳南边。703年1月22日，安禄山就出生在这里，初名轧荦山，本姓康，或以为源出康国，随母嫁突厥人安延偃，改姓安，更名禄山。安禄山父亲是粟特人，唐人给这种杂姓人取了一个名称——"杂种胡"。

历史学家陈寅恪先生曾从文化的角度解释，"杂种胡"其实就是粟特人。他认为文化面貌决定身份，而安禄山、史思明虽然是突厥人和粟特人的混血儿，但文化上完全是粟特人。其实，历史文献中也透露出安禄山粟特、突厥混血的文化身份：

安禄山，营州杂种胡也，小名轧荦山。母阿史德氏，为突厥巫。无子，祷轧荦山神，应而生焉。是夜，赤光傍照，群兽四鸣。望气者见妖星芒炽，落其穹庐。时张韩公使人搜其庐，不获，长幼并杀之。禄山为人藏匿，得免。怪兆奇异，不可悉数，其母以为神，遂命名轧荦山焉。突厥呼斗战神为轧荦山。

这是唐朝人姚汝能编纂的《安禄山事迹》中的记载。姚汝能不懂少数民族文字，以为安禄山的名字是从突厥语"斗战神"借来的。根据伊朗语专家恒宁的考释，"禄山"其实是粟特语"roxàn"的汉语音译。历史学家荣新江在《中古中国与粟特文明》中认为，亚历山大所娶粟特妻子叫罗克姗，罗克姗跟安禄山，其实是一个意思——光明。

精明的粟特人在丝绸之路上，因为语言的优势，可以与形形色色、语言各异的人打交道，轻松地穿梭其间。唐朝时丝绸之路上的边疆城市，管理市场的多是粟特人，因为他可以当翻译。突厥人和汉人交易的时候，语言存在障碍，粟特人一翻译，就都明白了。

史载，粟特人有两个鲜明的特征，"凶狠狡诈"和"反复无常"，这一点在安禄山身上，也体现得十分充分。安禄山从小精明强干，不但懂得多国外语，还会跳胡旋舞。《安禄山事迹》记载安禄山成长的经历时就这样写道："长而奸贼残忍，多智计，善揣人情，解九蕃语，为诸蕃互市牙郎。""牙"在中国古代就是中介商的意思。看来，安禄山的成长轨迹，是一个典型的粟特人成长轨迹。

可以想象，一支商队长年在外奔波，要面对各种突发状况，不勇敢善战是不行的。为了商情和军情，安禄山可以轻易进到契丹的部队里面，弄几个活口出来。这样的本事，一般人是没有的。

安禄山会跳胡旋舞，内有杨贵妃，外有安禄山，旋转着把玄宗转迷糊了。不可否认的是，能歌善舞是粟特人的天然优势，他们改变了中国歌舞。唐朝辉煌文化中，有相当一部分来自粟特。粟特人将西方的音乐舞蹈带来中国，九部乐主体上都变成了康国乐、安国乐、印度乐。安伽、史君这些人的墓葬图像里，有大量音乐舞蹈的画面。可以说，一定程度上，粟特人改变了中国的音乐史、乐器史和舞蹈史。荣新江先生甚至风趣地说："如果没有粟特人，我们现在的舞蹈就可能像兵马俑一样整齐划一而呆板。"

粟特人非常喜欢汉文化，他们建了中原式的房子，屋前小桥流水，十分宜人。唐高宗之前，粟特人很少跟汉人通婚，都是跟胡人、突厥人，跟焉耆盆地绿洲王国的人通婚，他们的语言和生活习俗都能互通。

安史之乱的另一主角史思明，与安禄山一样，也是"营州杂种胡"。他有一个粟特语的名字"窣干"，意思是燃烧发光，"思明"则是唐玄宗赐给他的名字。他年轻时也是"通六蕃语，为牙郎"。安史之乱中的第三个重要人物李怀仙，也是柳城胡人，跟安禄山、史思明出生在同一个地方。或许正因为此，彼此太过信任与了解，最后结成了"同盟"。

唐代开元、天宝年间，柳城曾是一个具有相当规模的粟特部落，称得上粟特人的大本营。历史学家荣新江考证认为，安史阵营中，有大量出身粟特的将官，包括安庆绪、安忠臣、安忠顺、何千年、何思德、史定方、安思义、安岱、康杰、康阿义屈达干、康节、曹闰国、何元汕、安神威、安太清、安武臣、安雄俊、史朝义、康没野波、康文景、何数、何令璋、石帝廷、康孝忠等。

这些都是唐朝史官在记录唐军战功时，偶尔提及的安史叛军将领。足以证明，粟特武人是安禄山叛乱的主力集团。这个叛乱集团的骨干成员，很有可能来自粟特人的大本营——安禄山的老巢柳城。

有了这个可靠的大本营，叛乱集团就有了可靠的生存保障。对于这些天生具有商业头脑的粟特人而言，这些账他们算得十分清楚。安禄山的叛乱，可以说既利用了粟特聚落的商贸资金网络，又利用了粟特聚落的祆教网络。据《安禄山事迹》记载：

（安禄山）潜于诸道商胡兴贩，每岁输异方珍货计百万数。每商至，则禄山胡服坐重床，烧香列珍宝，令百胡侍左右，群胡罗拜于下，邀福于天。禄山盛陈牲牢，诸巫击鼓、歌舞，至暮而散。遂令群胡于诸道潜市罗帛，及造绯紫袍、金银鱼袋、腰带等百万计，将为叛逆之资，已八九年矣。

"潜于诸道商胡兴贩""潜市罗帛"，这些已明确说明，安禄山有意识地利用粟特商人的地下贸易网络，筹措"叛逆之资"。"百胡侍左右，群胡罗拜于下，邀福于天"则证明，安禄山有意识地利用祆教意识，在粟特商人面前强调自己的信徒属性，增强其凝聚力。

事实上，安禄山在粟特人中，已经被视为"光明之神"。他死后，史思明追谥他为"光烈皇帝"。荣新江也认为，这些事实都足够证明，安禄山是有意识地利用粟特祆教信仰，将自己打扮成半人半神的粟特英雄，以增强叛军凝聚力。

安禄山与史思明所属的"营州胡"集团，是武则天时期，大唐为了经略东北而迁入的粟特集团。粟特人发源于农耕民族与游牧民族的交接地带，对马背生活并不陌生，放下账簿，拿起弯刀，对他们来讲毫不困难。

唐朝对粟特人如此相信与宽容，可见粟特人对唐王朝高层，所下的功夫之深。

沿丝绸之路而来的粟特人，在浩荡的中国历史里，显得格外神秘。早在东汉末年，粟特人就从敦煌向故乡撒马尔罕等地，传出洛阳已经被战争摧毁的重要情报。蜀汉丞相诸葛亮第一次北伐中原时，在凉州居住的粟特人首领接受诸葛亮的指挥，并负责联络事宜；到了南北朝北齐时期，宫廷里有一个名叫曹妙达的粟特人，他曾凭着精湛的琵琶技艺，换得赐封的爵位。隋末天下大乱，长安富豪粟特人何潘仁，辅佐李渊的女儿平阳公主，把筹码投在新兴的唐政权上；而在唐朝军队崛起的过程中，凉州粟特人的首领安兴贵、安修仁兄弟，更是发挥了相当重要的作用。

就中国境内的粟特人而言，其地位变化的重要拐点是安史之乱。这一乱，不仅动摇了盛唐根基，也让粟特人亡命天涯。

安史之乱，也被一些专家解读为"唐—燕之战"，认为这是粟特人在试探建国。在此之前，他们已经做出了其他尝试，比如影响高车、柔然、回鹘汗国、渤海国、吐谷浑，还有粟特人扶持后又推翻的李轨凉国，以及粟特人在河西的活动基地五凉政权，都曾经在外交上深受粟特人的影响，粟特人甚至直接担任这些国家的外交使者。

除了安禄山的营州之乱，粟特人还有更早的冒险活动。公元308年，粟特裔曹祛试图推翻张轨家族对凉州地区的统治。特别是公元721年，康待宾（康国的粟特人）、安慕容、何黑奴等人占据六胡州，组织粟特、吐谷浑、突厥等族群的胡人起兵，康待宾自称叶护，聚集了七万人马，还联系突厥和党项起兵建国。

其实无论是康待宾叛乱还是安史之乱，叛乱方和大唐两边都在大量使用胡汉将领，应该说汉中有胡、胡中有汉，站队界线不是那么泾渭分明。大唐一边，有安禄山的堂兄弟安思顺，叛乱前就发觉了安禄山的不臣之心，并提前预警。还有仆固怀恩、白孝德、尉迟胜等名将，都有西域和外族背景。而安史集团中，安禄山打着"清君侧"、奉玄宗密诏诛杀杨国忠的幌子，还有在洛阳上演劝进称帝的仪式，大概率出自张通儒、严庄、高尚等汉人幕僚的策划。故而大多学者认为，安史之乱应定性为争夺统治权力的斗争，而不是不同民族间的斗争。

历史上的粟特人建立过或大或小的城邦国家，其中以撒马尔罕为中心的康国最大，但"户十二万，口六十万，胜兵十二万人"，相比之下，也抵不上大唐的一个州县。此外，还有安国、曹国、米国、何国、史国、石国等，不同时期，或有分合。早在渤海国（其范围相当于今中国东北地区、朝鲜半岛东北及俄罗斯远东地区的一部分）建立之前，就有粟特商人沿着北亚的黑貂之路，从中亚进入北亚世界，并在中国东北乃至朝鲜半岛定居。定居的粟特人规模之大，直接导致公元621年石国人石世则劫持了当地的主官，带着整个营州造反。这说明粟特人在当地的社区组织，已经大到可以控制州县的地步。在这一次叛乱之后，随着镇压军的到来，很多汉人和营州胡人前往东北地区避难，这为粟特人初步进入靺鞨地区打下了基础。

随着渤海国的建立，以及安禄山对营州的经营，营州地区的粟特人势力大为增强。作为潜在的对中原的觊觎者，安禄山在发展自己的势力之前，他必须为自己营建一个稳定的后方基地，因此渤海国的态度就至关重要。

至少在安禄山起兵之前，粟特商人集团就渗透进了渤海国的贵族圈。一个证据是，渤海国出使日本的外交人才中，大多数是移民渤海国的粟特人。比如安贵宝，他作为判官之一，于759年随高南申出使日本。史都蒙在公元776年出使日本，并担任渤海国大使。这次出访中，他不仅为日本天皇表演了骑射，还将渤海国舞蹈和渤海音乐传入日本。

在同族安禄山起兵的时候，他们对唐朝持敌对的态度，对安禄山的燕国政权持有支持态度。762年，渤海大使王新福抵达日本，据《续日本纪》记载，在向日本方面描述中国的局势时，他是这样说的：

> 李家太上皇（唐玄宗）、少帝（唐肃宗）并崩，广平王（唐代宗）摄政。年谷不登，人民相食。史家朝义，称圣武皇帝，性有仁恕，人物多附，兵锋甚强，无敢当者。邓州、襄阳已属史家，李家独有苏州。朝聘之路，固未易通。

渤海国使臣将唐朝贬称"李家"，反而对史朝义（史思明之子）大肆称颂，称其为圣武皇帝，还将其与唐玄宗等人并列。这说明渤海国内的粟特人的态度，也体现了不同地区粟特人之间的紧密联系。

粟特人中，相当一部分人尚武，他们体魄强健，骁勇善战。玄奘《大唐西域记》飒建国（即康国）条载：

其王豪勇，邻国承命，兵马强盛，多是赭羯。赭羯之人，其性勇烈，视死如归，战无前敌。

同样的记载，也可在《新唐书》中找到："募勇健者为柘羯，柘羯，犹中国言战士也。"虽然不一定每个粟特人都很能打，但粟特族群中确实存在着一些骁勇善战的战士。

宁夏固原南郊发现的隋唐史姓家族墓地中，有成员就是以军功彰显于世。一个名叫史射勿的粟特人，入仕北周后，从北周保定四年（564）到隋开皇二十年（600）一直随中原将领四处征战。将近40年，他曾与北齐、稽胡、突厥等作战，以军功获任大都督、骠骑将军等职位。

40年，应该就是一个人的一生了。史射勿把一生交给了中原王朝，可以想象，他与他的家人，早已融入了中原。就这样，这些粟特人成为新的唐朝人，他们有的任唐朝监牧官管理马匹，有的任中书省译语人，这些工作恰恰发挥了粟特人的畜牧和语言天赋。他们与史射勿一样，生活已逐渐脱离粟特聚落的环境，慢慢融合了更多的中原文化元素。

安史之乱前后历时八年，造成数十万士兵伤亡，影响数千万人，将原本富饶的华北、关中地区变成荒野，"宫室焚烧，十不存一，百曹荒废，曾无尺椽。中间畿内，不满千户，井邑榛荆，豺狼所嗥"。司马光更称"由是祸乱继起，兵革不息，民坠涂炭，无所控诉，凡二百余年"。安史之乱终结了盛唐，改变了中国的社会结构，令唐王朝彻底退出了中亚地区的博弈。

是唐代玄宗末年至代宗初年（755年12月16日至763年2月17日）由唐朝将领安禄山与史思明背叛唐朝后发动的战争。由于其爆发于唐玄宗天宝年间，也称天宝之乱。唐朝天宝十四载十一月初九，身兼范阳、平卢、河东三节度使的安禄山，发动属下唐兵以及同罗、奚、契丹、室韦共15万人，号称20万，以"忧国之危"、奉密诏讨伐杨国忠为借口在范阳起兵。消息传来，唐玄宗还认为是厌恶安禄山的人编造的假话，没有相信。由于杨国忠的无能，安禄山于同年十二月十二日就攻入洛阳。天宝十五年正月初一，安禄山在洛阳称大燕皇帝，改元圣武。后来长安失陷，唐玄宗等从延秋门出逃。行到马嵬坡，六军将士发动兵变杀死杨国忠等人，玄宗忍痛命令高力士在佛堂缢死杨贵妃。玄宗入蜀，太子李亨及其子李俶、李倓北上灵武。李亨在灵武自行即位，尊李隆基为太上皇。唐肃宗至德二载（757）正月五日夜，安庆绪杀父安禄山后，自立为帝，年号载初。上元二年（761）三月，史思明为其子史朝义所杀，内部离心，屡为唐军所败。宝应二年（763）春天，历时七年又两个月的安史之乱结束。唐代经历唐太宗"贞观之治"、唐高宗"永徽之治"、武则天的"治宏贞观，政启开元"及唐玄宗的"开元盛世"后，成为一个国富民强的国家，国力在唐玄宗天宝年间达至鼎盛。安史之乱的发生对唐朝的发展产生了重大的影响。

词条　安史之乱

粟特人去向何方？

唐人眼里，安史之乱的领导者安禄山父子和史思明父子，给唐朝社会造成的创伤不可原谅——虽然最大的当事者安禄山父子和史思明父子都已被铲除，但其"粟特人"身份却是怎么也难以抹掉的，众多的粟特人，不可避免地成为替罪羊。

安史之乱后，唐朝的精神气质为之一变。

至德二年（757），唐肃宗回到刚刚收复的长安，第一要事，便是要求"宫省门带'安'字者改之"。不难看出，包括皇帝在内的唐人受安禄山伤害之深：他们要想尽一切办法，抹掉所有与安禄山有关的痕迹。

看得见的痕迹容易消除，看不见的痕迹呢？

安史之乱以后，唐人因粟特人的背叛而受伤，开阔的胸襟气度不复存在，取而代之的是以韩愈"复古"运动为代表的保守思潮，一直延续到两宋。

中唐著名诗人白居易作《胡旋女》，将动乱与杨贵妃和安禄山的胡旋舞技相关联：

胡旋女，出康居，徒劳东来万里余。
中原自有胡旋者，斗妙争能尔不如。

> 天宝季年时欲变，臣妾人人学圜转。
> 中有太真外禄山，二人最道能胡旋。
> 梨花园中册作妃，金鸡障下养为儿。
> 禄山胡旋迷君眼，兵过黄河疑未反。

这种看法并不符合事实，但不难看出这是一种情绪的宣泄。胡服、胡旋舞的流行可能确实与大量粟特人的涌入有关，但唐前期就流行的长安胡俗更多的是一种时尚，与叛乱没有关系。安史之乱对留居中原王朝的粟特人，产生了巨大影响。

曾参与平定叛乱、还抵御过吐蕃入侵的将领安重璋，因耻于和安禄山同姓，在平乱后请求改姓：

> 臣贯属凉州，本姓安氏，以禄山构祸，耻与同姓，去至德二年五月，蒙恩赐姓李氏，今请割贯属京兆府长安县。

他从粟特安姓改为唐朝国姓，名字"抱玉"，极具中原文化特色。

一个人影响了一个家族甚至一个种族的命运，这种情况在固执的古代社会里比比皆是。爱屋及乌的另一种解读，就是恨屋及乌。

留居中原王朝的粟特人，一般会选择融入中原，或改换姓名，或附会汉人的郡望，努力和中原王朝攀上关系，变成地道的汉人。这一点，与唐肃宗要将"安"字消除掉颇为相似，只不过一个是恨，一个是怕。就这样，一些康姓和安姓的粟特人，将自己的祖籍追溯到会稽、洛阳、敦煌等地；而一些石姓的粟特人，会号称自己是汉朝大臣石奋的后裔；何姓粟特人，则将自己的起源追溯到战国时的韩国王室。

除了改姓，还有的粟特人从名字出发，隐藏自己的外族身份，比如将有明显粟特风格的"盘陀""射""沙""芬"等字换成"忠""义""仁""孝"等具有明显汉文化内核的字。一部分粟特人还与其他民族通婚，改变葬俗，改投中原文化及信仰等。

安史之乱后的河北地区成了粟特人的新家园。原来，唐朝为了尽早结束安史之乱，在宝应元年至二年（762—763），陆续接受了安史部将投降，并给他们划定了各自的统辖范围。唐朝没有彻底消灭安史集团的根底，而是形成了以魏博、成德、卢龙三镇为主的河北藩镇割据局面。

那时，河朔地区拥有重兵，能够自立节度使，贡赋也不用交给朝廷，自由度相当高。军队中从高层到低级军官都有粟特人存在，"胡风""尚武"的标签仍然没有摘下，再加上其中有安史原本的部下，对待胡人相当友好。河北地区崇胡风、尚武的特征以及一些胡俗一直到后来的五代十国和宋代都仍有存在。

还有一部分粟特商人投靠了北方的回鹘汗国。在回鹘大军南下平定安史叛军时，回鹘贵族正式接触到了摩尼教。粟特人作为摩尼教传播的重要使者，选择投靠回鹘，为其传播宗教并利用宗教影响参与回鹘王朝的统治，并在宫廷中广建势力。甚至一些粟特人在跟随回鹘退出长安之前，一度假装自己是回鹘人，以回鹘人的名义广购土地、放高利贷，锦衣玉食，风光一时。在粟特人的帮助下，回鹘人还逐渐创立了自己的文字——回鹘文。

此外，晚唐时，河北及原六胡州的粟特人，加入强劲的北方民族沙陀部当中，他们加入后，沙陀三部落里有两部的主体都是粟特人。这些粟特人又成为五代王朝的中坚力量。

随着粟特人向河北地区集结，河北地区的祆教蓬勃发展。恒州的鹿泉胡神祠，还有定州祆神庙等新建的拜火教寺庙，都是当时为数不多的拜火教崇拜中心。

到了宋代，在开封，还有一个能追溯拜火教的中亚起源、有史姓穆护世代担任僧侣、从唐到宋代初期受到群众膜拜的拜火教寺庙：

> 东京城北有祆庙。祆神本出西域，盖胡神也，与大秦穆护同入中国，俗以火神祠之。京师人畏其威灵，甚重之。其庙祝姓史，名世爽，自云家世为祝累代矣，藏先世补受之牒凡三：有曰怀恩者，其牒唐咸通三年宣武节度使令狐绹，令狐者，丞相绹也。有曰温者，周显德三年端明殿学士权知开封府王所给，王乃朴也。有曰贵者，其牒亦周显德五年枢密使权知开封府王所给，亦朴也。自唐以来，祆神已祀于汴矣，其祝乃能世继其职逾二百年，斯亦异矣。（《墨庄漫录》卷4）

但是在更多层面，入宋的粟特后裔，还是小心翼翼地做出了各种改变。比如在婚丧嫁娶方面，除了放弃波斯式的族内婚，他们还放弃拜火教的死后立即处理尸体的风俗，模仿汉地习俗，将死者尸体停放一段时间，甚至索性要守孝三年。

过去一直被保留的族内通婚传统，也变成了迎娶汉女、嫁外族男子，和招纳三妻四妾。

除了彻底汉化和前往河北，粟特人的第三条出路就是加入新崛起的草原势力。在塞北的回鹘汗国中，就有充当商人、高参，还有作为摩尼教士的粟特人。

先是回纥留京师者常千人，商胡（粟特人）伪服而杂居者又倍之，县官日给饔饩，殖资产，开第舍，市肆美利皆归之，日纵贪横，吏不敢问。

代宗之世，九姓胡常冒回纥之名，杂居京师，殖货纵暴，与回纥共为公私之患。上即位，命董突尽帅其徒归国，辎重甚盛。（《资治通鉴》卷225、226）

到了草原上，在粟特人的帮助下，回鹘人逐渐创立了自己的回鹘文，有充分的文献记载显示，他们影响到了回鹘汗国的对外策略：

德宗初即位，使中官梁文秀告哀于回纥，且修旧好，可汗移地健不为礼。而九姓胡素属于回纥者，又陈中国便利以诱其心，可汗乃举国南下，将乘我丧。（《旧唐书》卷195）

日后随着回鹘汗国的崩溃，一部分回鹘人前往东北地区，后来被辽国人编入回鹘营或者单于都护府管辖，而这些人中间就有粟特人的影子。他们带去了一些以回鹘冠名的物产，比如胡峤《陷虏记》里记载的回鹘瓜——西瓜，就是发源于古埃及的作物，经过西亚—中亚—粟特—回鹘，如同接力棒一般传入中国东北。还有被两宋时代的中国人称为回鹘豆的鹰嘴豆，至今依旧是中亚、西亚、北非、南欧的重要食材，也是由回鹘—粟特人引进到东北的。

到了五代乱世，还有新崛起的沙陀势力。这些人最早就是唐朝的突厥盟友。但在安史之乱的动荡后，因为北庭破败而归顺到吐蕃麾下。直到公元 808 年，才有首领朱邪尽忠带 3 万人逃到灵州，随后就成为晚唐时期的最强军事集团。

在当年的唐朝边境，还有名为六州胡的突厥粟特后裔。他们在被安置前，就有过草原生活和突厥化经历。所以能很快地同新来者打成一片，成为沙陀三部落中的安庆与萨葛两部。两拨人的合流，也在很大程度上继承了传统合作模式。突厥系的旧沙陀核心，依然以武功为侧重点，粟特后裔则提供经济实力和情报网络。这样的分工明确，塑造了日后称雄五代与宋初的军事集团。

词条 唐玄宗

李隆基（685—762），唐高宗李治与武则天之孙，唐睿宗李旦第三子，故又称李三郎，母窦德妃，唐朝在位最长的皇帝（712—756）。垂拱元年（685）八月戊寅日，李隆基生于东都洛阳。生性英明果断，多才多艺。善骑射，通音律、历象之学。初封楚王，后改封临淄王。唐隆元年（710）六月庚子日，李隆基与太平公主联手发动"唐隆政变"，诛杀韦后集团。先天元年（712）八月庚子日，李旦禅位于李隆基，李隆基于长安太极宫登基称帝。后赐死太平公主，取得了国家的最高统治权。唐玄宗在位前期，注意拨乱反正，任用姚崇、宋璟等贤相，励精图治，开创了唐朝的极盛之世——开元盛世。他重视对边疆地区的管辖，封粟末靺鞨的大祚荣为"渤海郡王"，设渤海都督府和黑水都督府，封南诏的皮逻阁为云南王，封回纥的骨力裴罗为"怀仁可汗"，巩固了多民族国家的统一。但在位后期逐渐怠慢朝政，重用宦官，宠信奸臣李林甫、杨国忠等；宠爱杨贵妃，加上政策失误和重用安禄山等将领，结果导致了后来长达八年的安史之乱，为唐朝由盛转衰埋下伏笔。天宝十五载（756）太子李亨即位，尊其为太上皇。宝应元年（762）四月甲寅日，病逝于长安神龙殿，终年78岁，谥号至道大圣大明孝皇帝，庙号玄宗，葬于泰陵。清时多称其为唐明皇，另有尊号开元圣文神武皇帝。

第13章　司马迁撰史下的"蛋"

开历史先河的"素封"

《史记》是司马迁"成一家之言"的历史巨著，其背后站着司马迁和他的精神。可以说，我们今天读《史记》，更多的是读司马迁的人生，如果不了解司马迁这个人，《史记》就只能是一篇篇描写历史的史料而已，不会变得鲜活而立体。我们读《史记》，不能光是读故事，而是要在故事背后领略司马迁的良苦用心。《史记》中有一个重要理念，就是让商人能够列传入史。中国历来有"轻商"的传统，是司马迁第一个为商人正名。自《史记》始，后世的诸多官方传记，都"照例"给"货殖"留下了一席之地。

《货殖列传》主要是为春秋末期至秦汉以来的大货殖家，如范蠡、子贡、白圭、猗顿、卓氏、程郑、孔氏、师史、任氏等作传。通过介绍这些"商界试水者"的言论、事迹、社会经济地位，以及他们所处的时代、所处地区的特产商品，有名的商业城市，各地的生产情况和社会经济发展的特点，叙述他们的致富之道，表述自己的经济思想，以便"后世得以观择"。

《太史公自序》曰:"布衣匹夫之人,不害于政,不妨百姓,取与以时而息财富,智者有采焉。作《货殖列传》"。司马迁十分明确而简要地道出了写作《货殖列传》的主旨与动机。

货殖之利,工商是营。废居善积,倚市邪赢。白圭富国,计然强兵。倮参朝请,女筑怀清。素封千户,卓郑齐名。(《史记索隐述赞》)

太史公认为,自然界的物产是极其丰富的,社会经济的发展是不以人的意志为转移的,商业发展和经济都市的出现是自然趋势,人们没有不追求富足的。"农不出则乏其食,工不出则乏其事,商不出则三宝绝,虞不出则财匮少。"所以,他主张根据实际情况,任商人自由发展,引导他们积极进行生产与交换,国家不必强行干涉,更不要同他们争利。这集中反映了他反对"重本抑末",主张农工商虞并重,强调工商活动对社会发展的作用,其产生是社会发展的必然;肯定工商业者追求物质利益的合理性与合法性;突出物质财富的占有量最终决定着人们的社会地位,而经济的发展则关乎国家盛衰等经济思想。

在当时历史条件下,司马迁能注意社会的经济生活,并认识到生产交易和物质财富的重要性,这是非常难能可贵的。

故曰:"仓廪实而知礼节,衣食足而知荣辱。"礼生于有而废于无。故君子富,好行其德;小人富,以适其力。渊深而鱼生之,山深而兽往之,人富而仁义附焉。富者得埶益彰,失埶则客无所之,以而不乐。夷狄益甚。谚曰:"千金之子,不死于市。"

此非空言也。故曰："天下熙熙，皆为利来；天下攘攘，皆为利往。"夫千乘之王，万家之侯，百室之君，尚犹患贫，而况匹夫编户之民乎。（《史记·货殖列传》）

所以说："仓库充实了，百姓才能懂得礼节；衣食丰富了，百姓才知道荣耀与耻辱。"礼仪产生于富有而废弃于贫穷。所以，君子富有了，喜欢行仁德之事；小人富有了，就把力量用在适当的地方。潭渊深了，里面就会有鱼；山林深了，野兽就会到那里去；人民富了，仁义也就归附于他们了。富有者得势，越加显赫；失势了，客人也就没有去处，因此也就心情不快。

谚语说："千金之家的子弟，就不会因犯法而死于市井。"这并不是空话。

所以说："天下之人，熙熙攘攘；为利而来，为利而往。"即使有千乘兵车的天子、有万家封地的诸侯、有百室封邑的大夫，尚且担心贫穷，何况编在户口册子上的普通百姓？

征和二年（前91），五十五岁的司马迁总算可以舒坦地吐一口郁积多年的长气了。他突然感觉到一种如释重负般的轻松：自从三十八岁担任太史令（元封三年，前108年）以来就着手写作的《史记》，终于在经历十八年的呕心沥血之后完成了。

这十八年里的头十年，他过着志得意满的顺心日子，一边继任父亲的太史令之职，一边满心欢喜地调阅国家图书馆里的各类书籍档案。但，接下来却是饱经痛苦与煎熬的八年。

多年以后，当司马迁放下撰写《史记》之笔时，他大概仍会想起那个令他蒙羞的时刻。

汉武帝天汉二年（前99）九月，他被以"诬上"的罪名逮捕入狱。"诬上"等同于后世的欺君之罪,在汉朝应判腰斩。但此时,他所收集整理的《太史公书》（即《史记》）,仅仅撰写了一小部分,还未达到流芳百世的巨著规模。

《太史公书》是其父司马谈临终前叮嘱他一定要完成的史书。对司马迁来说,撰写此书不仅是对历史负责,更是延续父亲遗愿。眼下,面对生死关头,他只能从绝望中寻找希望。根据当时规定,有两种情况可以免死：一种是交钱赎罪,即"令死罪入赎钱五十万,减死一等"；而另一种则是承受"宫刑",遭受阉割。"宫,淫刑也,男子割势,女人幽闭,次死之刑。"

司马迁彼时为太史令。汉朝官制规定,太史令为秩级六百石官员,每月禄米仅有 70 石。在汉朝,丰年时米价一般在几十钱（五铢钱）每石。也就是说,司马迁不吃不喝,一年收入最多为 42000 钱左右,要一下子拿出 50 万钱罚金去赎命,难过登天。

所以,被捕入狱后,司马迁没得选,只有承受宫刑才能苟活下去。

太始元年（前 96）,经受腐刑与牢狱之苦的司马迁终于出狱。考虑到自己还要继续述说黄帝以来的历史,他只能忍着身心的苦楚及天下人的冷眼,重新找汉武帝要官。不知是否仍心存恼怒,汉武帝欣赏他的文才,给了他一个略带羞辱但又俸禄优厚的官职——中书令,即皇帝的机要秘书。在为司马迁写传记的班固看来,那叫"尊宠任职"；而在司马迁本人看来,自己"身残处秽,动而见尤"。尤,过也。

整整八年间,唯一使他的精神还不至于被摧毁的,就是那部尚未完成的《史记》。"及已至此,言不辱者,所谓强颜耳,曷足贵乎？"余生的伤痛,已经深入骨髓。

在汉朝，中书令是秩级千石的官员。但在司马迁之前，承秦制，此官只用"宦者"。面对如此羞辱，司马迁只埋头苦撰《太史公书》的剩余篇目，直到太始四年（前93），著作基本完成。

此时，苦难的传奇似乎已将近落幕，他有点累了。这时，埋藏在司马迁内心多年的愤懑，才终于找到一个宣泄口。封笔后，他想起还剩下一件事需要做，写下一篇《悲士不遇赋》留与后世。司马迁在赋中一叹"士生之不辰"，二感不甘于"没世无闻"，心态像极了曾以《离骚》寄托怀才不遇、命运多舛的前辈屈原。

《货殖列传》出自《史记》卷一百二十九、列传第六十九。这是专门记叙从事"货殖"活动的杰出人物的类传。"货殖"是指谋求"滋生资货财利"以致富，即利用货物的生产与交换进行商业活动，从中生财求利。司马迁所指的货殖，还包括各种手工业，以及农、牧、渔、矿山、冶炼等行业的经营。史学界公认："历史思想及于经济，是书盖为创举。"

民国时期教育家、经济学家潘吟阁在《史记货殖列传新诠·编者弁言》中，称赞司马迁的眼光与见识：

《货殖传》一篇，讲的是种种社会的情形，且一一说明它的原理。所写的人物，又是上起春秋，下至汉代。所写的地理，又是北至燕、代，南至儋耳。而且各人有各人的脚色，各地有各地的环境。可当游侠读，可当小说读。读中国书而未读《史记》，可算未曾读书；读《史记》而未读《货殖传》，可算未读《史记》。美哉《货殖传》！

为商人立传，司马迁开史家先河。

商人在旧时是被歧视的，中国传统文化把俸禄视为天经地义，把当官获取的富贵视为荣耀，而歧视商人的智慧致富。对商人不但歧视，还要限制和打击。《管子》还主张降低工商业者的社会地位，"百工商贾"不许穿用羔皮貂皮做的衣服。司马迁不只是让我们看到了商人的作用，还把一个汉朝统一后的华夏大国、天南地北的物产和风土人情展示给我们看。两千多年前华夏大地丰厚的自然物产便可以养人。

二十岁开始，司马迁从北方南下游历长江、淮河一带，登会稽山，探禹穴，窥察九嶷山，又在沅水、湘水上航行，再北上汶水、泗水，到齐鲁大地，经彭城，过梁、楚而返回家乡，足迹踏遍大半个中国，这为后来写《货殖列传》打下了足够的基础。《货殖列传》写道："汉兴，海内为一，开关梁，弛山泽之禁，是以富商大贾周流天下，交易之物莫不通……"这种国家统一后的昌盛繁荣局面势不可挡，国家一统，才有了通商之便，南北各地的物产才得以交流，成就了千载难逢的商机。

西部的木材、竹子、苎麻、旄牛、玉石，东部的鱼、盐、漆、丝、乐器、颜料，长江以南的名贵树木、生姜、桂皮、金、锡、铅、朱砂、犀牛、玳瑁、珠玑、兽牙、皮革，碣石以北的马、牛、羊、毛毡、皮裘、兽畜的筋和角……这一切物产都因为商人的活动得以交流。

司马迁看到这样的现实：在陆地养五十匹马、一百六七十头牛、二百五十只羊，水中占有年产千石鱼的鱼塘，山中有千棵成材的大树……一个人有这样的资本，财富可以与千户侯相等。司马迁把这种无官职俸禄奉养，也无爵位封邑的收入，但生活富足能与有俸禄封邑的人相比的人，叫"素封"。

好一个新词"素封"。素封者，无官爵封邑而富比封君之人也。千金之家可以与一地政府长官比富，亿万富翁能和国王同享乐。

《货殖列传》作为《史记》的终卷压轴，一开始没有讲人物，而是先讲了一大段道理。因为太史公要表达一个跟当时的传统、世俗智慧不太一样的判断，也就是商人不应该被放在最低的社会层级，被人看不起。商人有其根本的价值和智慧。

司马迁的财富观是非常现实的，他记述了许多富商大贾致富的传奇事迹，也记述了一些靠盗墓犯法、赌博恶业发家的人。还有卖浆水致富、磨刀致富、卖小食品致富、做兽医致富的人……司马迁充分体会到财富对人的重要性。

《货殖列传》开头先引用老子的话："至治之极，邻国相望，鸡狗之声相闻，民各甘其食，美其服，安其俗，乐其业，至老死不相往来。"文帝、景帝到武帝前期的很长一段时间，道家，尤其是老子的道术，是汉代政治的最高指导原则。所以表面来看，可能会认为这句话是司马迁借用老子的权威，在展示什么叫作好的政治。好的政治就是无为，想尽办法让每个人都降低自己的欲望，这样人民就会非常好治理。不要知道太多，不要贪求太多，小国寡民，这是老子的政治主张。

但有趣的地方是，《货殖列传》引用了这一段话之后，立刻接的是"太史公曰"。这才是司马迁真正的姿态，事实上，他并不同意老子所说的话。

夫神农以前，吾不知已。至若诗书所述虞夏以来，耳目欲极声色之好，口欲穷刍豢之味，身安逸乐，而心夸矜埶能之荣。

  作为太史公，神农以前的材料不够用，所以我不知道。但是《诗》《书》以下，我们看到的状况是什么？我们看到，人各种感官的享受已经充分地发达，深入社会风俗，深入民心。换句话说，长久以来，人们就是以追求感官欲望不断得到满足的方式过日子，这是历史的事实。

  由此，司马迁点出了撰写《货殖列传》的原因："待农而食之，虞而出之，工而成之，商而通之。"四种职业并立：农夫去种田，才能够得到土地上生长出来的作物，人们才得以维持基本的生命；畜牧业者饲养动物，人才能够吃肉；工匠能够帮助人们得到许多生活上的必需品；商人能够让各处的"不齐之物"流通。进一步说，有的人种田，有的人畜牧，有的人做工匠，有的人做商人。农、虞、工、商是人民衣食生活的基本依赖，让这四种行业充分发挥作用，人民就过得好，如果不让它们发挥作用，人民就过得贫穷。因此，货殖背后的一套道理是："上则富国，下则富家，贫富之道，莫之夺予。"

  我十分赞同杨照的评价："一个史家，非得是一个独立思考者不可——正是在独立思考当中，诞生了一家之言。"毋庸置疑，司马迁开创了在"那个时代"难得的"职业的平等功能论"——那可是一个在儒家精神笼罩之下商业的原始时代。

  范蠡、子贡、白圭、猗顿、卓氏、程郑、孔氏、师史、任氏……都是司马迁《货殖列传》下的"蛋"。让我们就随机抽取几位，来解剖这些蛋的成色，遥望两千多年前那个色彩斑斓的世界。

悲夫！士生之不辰，愧顾影而独存。

恒克己而复礼，惧志行而无闻。

谅才韪而世戾，将逮死而长勤。虽有形而不彰，徒有能而不陈。

何穷达之易惑，信美恶之难分。时悠悠而荡荡，将遂屈而不伸。

使公于公者，彼我同兮；私于私者，自相悲兮。

天道微哉，吁嗟阔兮；人理显然，相倾夺兮。

好生恶死，才之鄙也；好贵夷贱，哲之乱也。

炤炤洞达，胸中豁也；昏昏罔觉，内生毒也。

我之心矣，哲已能忖；我之言矣，哲已能选。

没世无闻，古人惟耻；朝闻夕死，孰云其否！

逆顺还周，乍没乍起。理不可据，智不可恃。

无造福先，无触祸始。委之自然，终归一矣！

词条　司马迁《悲士不遇赋》

词条 司马迁《悲士不遇赋》

译文

我悲叹士人的生不逢时，自愧顾盼身影孤独一人。时常约束自己，使言行合于礼，唯恐志向与行为默默无闻。自信才质很高而世情不正，将至死都永远辛勤。虽有形相但不能彰显于世，空有才能却不得展示于人。为何困厄与通达容易使人迷惑，美与恶确实很难辨清。时光悠长而没有穷尽，我将只能屈而不能伸。让那些公心为国的人都和我相同啊，私心为自己的人自己去悲哀吧！天道那么精微啊，哎呀又那么疏阔；人间事理显而易见，只有互相倾轧和侵夺。贪生怕死，是品质的卑贱；爱贵轻贫，是智虑的混乱。明白透彻，是胸中豁达开朗；糊涂迷乱，是内心生了毒害。我的心意，明智的人已能猜想到；我的言论，明智的人定能把它入选。终身默默无闻，古人当作羞耻。早晨知道了真理晚上就死去，谁能说不该如此。逆与顺循环往复，忽而没落忽而兴起。没有人事先就造下洪福，也没有人起始就遇到大祸；委身于自然，最终还是归为一体啊！

范蠡的"进"与"退"

一个出色的商人，首先是一个优秀的政治家。

山东省菏泽市定陶区往东北行走数十公里，有一个叫崔庄的小村落。小村落看上去毫不起眼，村落里藏有一巨型大墓。此墓呈椭圆形，占地面积 700 平方米。封土南北长 70 米，东西宽 100 米，最高处 2 米。

该墓气势磅礴。大隐隐于市，小隐隐于野，是哪位隐士藏龙于此？墓碑上书七个大字解了人们心头之谜——"陶朱公范蠡之墓"。

《史记》记载，范蠡事越王勾践，最终灭吴，之后弃官经商，定居于陶。如此算来，那位"陶朱公范蠡"距今也有差不多 2500 年历史了。如今，墓地周围还可拣到春秋战国时期的陶器残片。

范蠡应该算得上中华历史上有记载的第一个富豪。我们不禁好奇，在中华文明历史长河中，大多"轻商重文"，这样一个富豪是如何诞生的？

范蠡，字少伯，楚国宛城三户（今河南南阳）人。一生活了 88 年（前536—前448）。可以说，88 年人生履历，是颇为传奇、曲折而令人击掌的，范蠡堪称旷世奇才。司马迁称"范蠡三迁皆有荣名"。后人誉其"忠以为国,智以保身。商以致富,成名天下"。

"越国相国""上将军""政治家""军事家""儒商鼻祖"……这一连串荣誉加身,对于任何一个人而言,足可以荣耀祖宗、泽被后世了。可范蠡居安思危,一生"大事不糊涂",有一个清醒的头脑。

都道江湖险恶,岂知政坛是更险恶的江湖,很多时候都如同高空走钢丝,命悬一线间。范蠡能悟出"蜚鸟尽,良弓藏;狡兔死,走狗烹"这样的道理,并非偶然。

史载,范蠡出身贫寒,但聪敏睿智、胸藏韬略,少年有志,时人未知。《越绝书》说他"一痴一醒,时人尽以为狂。然独有圣贤之明,人莫可与语","被发佯狂不与于世"。

时任宛县县令名叫文种,是范蠡家乡的父母官,此人有政治抱负,认为"狂夫多贤士,众贼有君子",视范蠡为知己,两人都是经天纬地之才,想干一番事业。两人"终日而语""疾陈霸王之道","志合意同,胡越相从"。

公元前511年,25岁的范蠡和文种离开楚国,以经商为名考察吴越,越国雄主允常(勾践之父)慧眼识珠,将他们纳入麾下。范蠡官至相国,文种为大夫。

公元前496年,吴王阖闾攻打越国时,在槜李(浙江嘉兴)之战中大败,因伤势过重,不久死去。吴王阖闾且死,告其子夫差曰:"必毋忘越。"

勾践即位越王的第三年,也即是公元前494年,吴王夫差日夜筹备攻越,以报杀父之仇。勾践意欲先发制人,抢先伐吴。范蠡权衡利弊,力谏不可。但勾践一意孤行,导致灭顶之灾,伐吴的结果是仅剩残兵五千，在会稽被吴军包围得铁桶一般。

勾践追悔莫及，一筹莫展。范蠡审时度势，提出答应吴国的所有条件，只求保全性命。勾践手里已经没有议和的底牌，就只剩鱼死网破了。此刻，吴王夫差能够坐下来议和，就已经给了他足够的面子。还好，事情还没有到最糟糕的地步。按照吴越双方议和的条件，勾践夫妇等到吴国为人质，昔日的国王、王后、上大夫尽执贱役。看着奄奄一息的勾践和一个烂摊子一样的越国，可能当时夫差在想，你已经都成了亡国奴，现在要你的那个破国还有什么用？这块地皮迟早不是我的吗？

人质是先秦时代最为普遍的一种信誉体现。古代国家为了表示履行盟约，互派近亲去对方国家做人质，如《左传》中就有"周郑交质"；又如两国订交，都会派王宫里与王亲近的人去对方国家为"质"，比如国王的儿子或者兄弟，称为"质子"。秦始皇小时候就在赵国当过质子。

除此之外，古代两国交战，失败一方为了表示臣服，保证守信，也会把近亲派去对方国家做人质。作为一国之君，勾践到吴国为人质这样的事件应该算是比较极端了，也就意味着国家亡了，只有如此苟活，以图他日命运转圜，触底反弹，东山再起。

此时应该是勾践人生的最低谷。危难之际，范蠡主动随勾践同往，留下文种在国内。直到这时，范蠡还在下一盘棋。他说：

填抚国家，亲附百姓，四封之内，百姓之事，蠡不如种也。四封之外，敌国之制，兵甲之事，立断之事，种亦不如蠡也。

可以说，范蠡与文种，真是英雄惺惺相惜。有这样的济世安邦之才，东山何愁不能再起？

就是夫差，也十分欣赏范蠡的文武兼备，有他与勾践同往，也就放心了。其实，夫差也在打范蠡的主意，让他弃越归吴。一边是享锦衣玉食，一边是伴亡国之君，范蠡内心已经有一种坚守，他十分坦然地回复："亡国之臣，不敢语政，败军之将，不敢语勇。"说得有理有节，有情有义，"臣在越国不能辅佐越王为善，以致得罪大王，不被诛灭，已是万幸"。让夫差无话可说。

然而，夫差一点也没放松自己对范蠡的观察与警惕。有一次，他在远处高台上眺望范蠡与勾践夫妇，虽乱头粗服，身处马圈，做笨重肮脏之活，但恪守君臣之礼，处困厄艰险而不失规矩秩序，夫差禁不住赞叹歆羡。

一次在夫差病时，范蠡指使勾践尝夫差之粪便，夫差不禁对勾践动了恻隐之心。三年后，他们被释放回国。

勾践回国，卧薪尝胆。范蠡力谏勾践劝农桑，务积谷，不乱民功，不逆天时。先抓经济，继而亲民，稳定社会。施民所善，去民所恶。内亲群臣，下义百姓……短短数年，百废俱兴，百姓安定。

元气恢复，范蠡重建国都——一座小城，一座大城。小城是建给吴国看的，建得残缺不全，面对吴国的方向，不筑城墙，以迷惑夫差。

勾践自会稽之败后，对范蠡的见识深深信任，对他言听计从。报仇雪恨的过程中，范蠡是运筹帷幄的灵魂人物。

史载，勾践常问范蠡："我们现在可以攻伐吴国了吗？"

范蠡每次都说："不行。"

直到20年后，勾践又问他："可以了吗？"

范蠡终于说:"可以了。"

20年磨一剑。公元前476年,范蠡建议勾践兴兵伐吴。公元前473年,吴军全线崩溃,勾践看到了20年前的自己。吴王夫差派出使者向勾践乞和,请求保留吴国社稷,而自己也会像当年的勾践一样,愿意倒过来为质服役。

勾践动摇了,正准备答应夫差提出的条件,这时,范蠡站出来坚决不答应。他陈述利弊,不想看到"越王勾践"故事的翻盘。

真是一场游戏一场梦。大梦初醒的夫差悔恨万分,此刻,方想起当初未采信大臣伍子胥"今不灭越,后必悔之"的谏言,遂蒙面自杀。

词条 范蠡

范蠡（前536—前448），字少伯，春秋末期越国大夫，被史学界称为治国良臣、兵家奇才、经营之神、商家鼻祖，被中国民间恭奉为"文财神"。越国相国、上将军。曾献策扶助越王勾践复国，兴越灭吴，后隐去。著《范蠡》兵法二篇，今佚。

范蠡为中国早期商业理论家，楚学开拓者之一，被后人尊称为"商圣"。虽出身贫贱，但博学多才、文武双全。与楚宛令文种相交甚深。因不满当时楚国政治黑暗、非贵族不得入仕而一起投奔越国，之后被拜为上大夫、相国，辅佐越国勾践。他帮助勾践兴越国，灭吴国，一雪会稽之耻，成就霸业，又被封为上将军。功成名就之后急流勇退，化名姓为鸱夷子皮，遨游于七十二峰之间。其间三次经商成巨富，三散家财。后定居于宋国陶丘（今山东省菏泽市定陶区南），自号"陶朱公"。公元前448年，范蠡卒，时年88岁。因范蠡一生艰苦创业、三致千金，又能广散钱财、救济贫民、淡泊名利，他在去世后逐渐被后世尊为财神、商圣、商祖，许多生意人皆供奉他的塑像、画像。范蠡是范姓始祖范武子的后裔，并被视为顺阳范氏之先祖。

天下只有"陶朱公"

范蠡是一个优秀的政治家,同样是一个出色的商业家。

可以坐享荣华富贵的范蠡,出人意料地向勾践辞职。这一点连勾践也不理解,以为范蠡又在耍心眼考验他,没有同意恩人的请求。勾践万万没有想到的是,范蠡竟连夜收拾细软悄然逃走。

原来,勾践灭吴后欲引兵争霸中原,范蠡与文种劝谏勾践巩固江东徐图霸业,但勾践无视民众疾苦不听劝谏,执意与诸侯会盟徐州并迁都琅琊,使范蠡心灰意冷。

"乃装其轻宝珠玉,自与其私徒属,乘舟浮海以行,终不反。"(《史记·越王勾践世家》)乘舟浮海前往齐国领地,同时改名换姓,自称"鸱夷子皮"(鸱夷,指一种皮革制成的袋子),带领儿子和门徒在海边结庐而居,"耕于海畔,苦身戮力"。

懂得进退的分寸和君臣关系的微妙,这便是范蠡的智慧。

20年足可以看清一个人的秉性与韬略。其实,范蠡早已将勾践看穿。《史记·越王勾践世家》记载,范蠡以为,勾践的为人,可以共患难,不可同安乐。因而他放弃任何幻想,进退有序,张弛有度,审时度势,当机立断,急流勇退,避开了政治旋涡,机智地弃官从商。

果不出所料，徐州会盟后文种被赐死，勾践远征无功而返，越国百业凋敝举步维艰，至此痛定思痛转为内治，归还吴国侵占楚国与宋国的土地，馈赠鲁国城池以谢周天子册封方伯，与齐国结盟对抗霸主晋国和楚国……这一切，都不是范蠡所愿看到的。

范蠡选择地处胶东半岛沿海地带的齐国，并非偶然为之，齐国当时便是社会经济相当发达的诸侯国。没过几年，他就积贮了数十万银两。

已经富起来的范蠡并未摆脱从政的"阴影"，因他仗义疏财，施善乡梓，齐王把他请进国都临淄，拜为主持政务的相国。乱世中已经看淡了政治的范蠡，仅仅"从"了三年政，便又一次急流勇退，拒绝齐国人的高官厚禄，散尽家财，随身携带少量珍稀宝物，悠闲自在地离去。

天下皆知，范蠡是越臣，领会稽封邑。原来，范蠡竭力避免与越国使团接触，但在担任齐相第三年仍被越人识出。范蠡知道，对勾践而言，他是越国争霸的隐患，越国若向齐国索要他，齐国极可能把他交出。范蠡知道不妙，才散尽家财。

却说，范蠡对资产处理谨慎且有序，绝非随意馈赠或者挥霍享乐。《史记》记载，"分与知友乡党"。范蠡祖籍在南阳，无亲族在齐，"乡党"应指滨海盐场结识之人，凭范蠡识人之能必忠厚可靠；与范蠡眼界学识比肩的"知友"，毫无疑问是贵族或隐士名儒，不会贪慕范蠡危急时所赠财物。范蠡所赠更像考验"知友乡党"，若得真心万贯家财倒也值得。

一身布衣，两袖清风。范蠡第三次迁徙至一个叫作"陶"（今山东定陶）的地方定居下来，自号"陶朱公"，过上了闲云野鹤的生活。看似率性，其实他是看中了这个东邻齐、鲁，西接秦、郑，北通晋、燕，南连楚、越的"天下之中"，认为是最佳经商之地。面对粮价暴涨、哀鸿遍野，范蠡通过旧时渠道，将粮食运往最需要的地方，除去成本与运输损耗只赚微薄利润……没出几年，又成巨富。

政治跟商业可谓殊途同归，本质上源于同一道理。其实，陶朱公的致富之谜也并非神秘，与他的治国之道可谓一脉相承。他将其"计然之策"（根据时节、气候、民情、风俗等，人弃我取、人取我予，顺其自然、待机而动）灵活运用于商业实践。具体说来，大致有五：

其一，市场行情，如阴阳五行，轮回循环，变动不居；大地时旱时涝，谷物时丰时歉。旱时造舟船，涝时修车马，以备后乏，这是万物之理。

其二，"知斗则修备，时用则知物，二者形则万货之情可得而观已。"知道战争要爆发，就要积极做好战备；了解各类货物为人需求的时令，才能把握市场行情的变化。

其三，商品价格，瞬息万变，物价贵到极点，必然下跌，贱到极点，必定攀升。当商品昂贵之时，就应毫不犹豫迅速抛出，视之如粪土而不惜；当商品低廉之际，又要毅然乘时买入，视同珠玉而倍加珍惜。

其四，积贮货物，务求完好，以防日后滞销。易腐易蚀的货物，即使价格再高，也不要长期存留，不能轻易囤积居奇。

其五，水纳百川，奔流不息，方能汇成大江大河。货币也一样，如果让资金积滞不用，就会成为一堆死钱。只有使它周转不息，才能变成与日俱增的利润。

一言以蔽之，范蠡的经商诀窍，在于运用市场价格变化来掌握供求关系，采取"贵抛贱收"经营对策。据时而动，得失均衡。正如他的名言："贵上极则反贱，下贱极则反贵。贵出如粪土，贱取如珠玉。"

范蠡所处的春秋战国时代，与其说是乱世，不如说是自由时代，人们拥有流动的自由、从商的自由、思考的自由。自由流通是商业繁荣之"根"。某种程度上讲，正是有了这自由的气场，范蠡的生意才会风生水起、如鱼得水。

范蠡从实践中总结出来的经商思想和较为完整的经商理论，无论是对他的同代人还是后代人，都产生了很大的影响。而受范蠡经商思想、理论影响之最深者，当数越王勾践本人。越王深知范蠡之道能振兴国家，完成报仇雪耻之重任，所以励精图治，"治牧江南，七年而擒吴"，建立霸业，全仗"商贾"兴国。

公元前465年越王勾践逝世，越国没必要找寻垂暮的范蠡，与范蠡同时代英杰多已不再，范蠡只想远离纷争，平静度日。"十九年之中三致千金，再分散与贫交疏昆弟。"（《史记·货殖列传》）

公元前448年，范蠡88岁寿终正寝，商圣落幕留下无数传奇与后世评说。

范蠡三次散尽家财，是危机下取舍的智慧。越王勾践"可与同患，难与处安"，故范蠡舍弃功名利禄全身而退；田氏代齐"修公行赏，铲除异己"，范蠡不肯屈服，矛盾在所难免；四卿争利，"公室衰微，殊死较量"，范蠡卷入其中更易殃及自身。

范蠡践行道家老子名言"金玉满堂，莫之能守"，当财富守不住且危及子孙时，就要勇敢散尽家财。

"千金散去还复来。"范蠡忠以为国，智以保身，千古商圣，实至名归。

司马迁的《史记·货殖列传》从春秋到汉武帝时代，排列出众多豪民巨富，"太史公富豪榜"上最早出现的两位，第一个是范蠡，第二个便是子贡，孔夫子的高足。

范蠡和子贡的成功不仅因为他们有智谋、善于捕捉商机，更为重要的，是他们都从事过政治活动，以此开阔了眼界、聚集了人脉……这些资源，受用终身。

陶朱公不愧为儒商之鼻祖。

词条　范蠡经济思想

春秋末年,范蠡提出"农末俱利"的思想。一是"谷贱伤民、谷贵伤末",通过把价格调整到一定范围内而做到"农末俱利"。这样既可以促进农业发展,又有利于工商业的发展,使国民经济各部门能够协调发展。二是商品价格对生产与流通的作用,尤其是恰当地处理好谷价与其他商品价格的关系对生产与流通的作用。范蠡试图通过调整价格促进生产和流通,这都是通过经济手段而不是通过行政命令。三是把物价控制在一定范围。范蠡主张用"平粜"的办法,这就需要丰收年国家把粮食收购储藏起来,在歉收年缺粮食时国家再把粮食平价粜出,这样才能起到平定粮食和其他物价的作用,这就叫作"平粜齐物"。"平粜"是范蠡首先提出来的,战国时李悝推行平粜法和汉代设常平仓是这一思想的发展与实践。"劝农桑,务积谷""农末兼营""务完物、无息币""平粜齐物,关市不乏,治国之道也""夏则资皮、冬则资絺、旱则资舟、水则资车,以待乏也"等思想,至今仍有积极意义。

一个商人的华丽转身

从洛阳市区出发,东行20公里,便来到了偃师境内,这里有一片植被甚好的农田,中原的肥沃一览无余,这片农田的属地,如果按今天中国行政区划来界定——地名叫"首阳山街道南蔡庄大冢头村"。"大冢头村"名字的由来,是村的东头有一座大型墓冢。世易时移,这座大墓如今已沉寂在一所中学之内,学校名为"偃师第一高级中学",那座大墓,便是大名鼎鼎的吕不韦墓。

或许时光老人老眼昏花看不清楚,或许世俗眼里逝者死得太不光彩。吕不韦墓虽然高大,但却十分低调,直到1981年,方公布为县级文物保护单位。

吕不韦的种种过往,算得上一部历史悬疑大剧。千百年来,一直没能落下帷幕。

让我们穿越时空,先把目光聚焦到2200多年前。公元前239年的秋天,大秦故都雍城被金黄色浸染得通体华贵,分外迷人。这里可是大秦的风水宝地,自东周以来就是秦国国都。看着这座凝聚祖先荣耀的古都,21岁的秦王嬴政心情很好,他马上就要举行加冠礼、正式亲政了。

面对这宜人的景色和一统天下的大好局面,并不见得人人都有好心情。朝廷上有一个人心里忐忑不安，他就是一人之下万人之上的相国吕不韦。身为秦王的"仲父"，他为何如此惶惑呢？

事情还得从吕不韦的商人身份说起。

吕不韦本是战国末年阳翟（今河南禹州）的一位商贾，其经商秘诀，便是往来各地，囤积居奇，低价买进，高价卖出，凭借其出色的商业头脑，不长的时间便累积起雄厚家产。

秦昭王四十年（前267），秦太子去世。两年过后，昭王立次子安国君为太子。安国君有个非常宠爱的妃子，名曰华阳夫人；安国君有20多个儿子，唯独华阳夫人没能生育。夏姬也是安国君的妃子，给安国君生了一个名叫异人的儿子。因夏姬不受宠爱，异人便作为秦国的"质子"派到了赵国。

中国的"质子制度"源远流长，很早就成为国与国之间的一种承诺。互换人质，旨在保证两国之间的友好关系。质子一般都为国之公子，即国君除太子之外的儿子。《左传》记载，周、郑很早就开始交换人质。

因秦国多次攻打赵国，异人在赵国的境遇每况愈下，乘的车马和日常的开销都难以为继，生活困窘。

吕不韦到邯郸去做生意，恰好见到异人，在了解其身世后，大喜。在他这位精明的商人眼里，异人就是一件奇货可居的奇货，只待高价而售。

原来吕不韦不是一般的商人，他头脑里的"政治经济学"逻辑严密，精准实用。

秦王年事已高，立为太子的安国君虽儿子成群，只因与华阳夫人无子嗣，很难选出他称心的接班人。

"你兄弟二十多人，你排行中间，不受秦王宠幸，只能长期被留在诸侯国当人质,这就是你的命运。"吕不韦单刀直入的分析,让异人遇到知音与救星一般,不禁问道:"接下来,我该怎么办呢?"

吕不韦显现出生意人的本色:"你只要愿意过继给华阳夫人为子,就有立为太子的可能。"

这一承诺对于不谙世事的异人而言,不啻天方夜谭。

"我可以拿出千金为你去秦国游说。"吕不韦又抛出一个诱人的承诺。看不到任何前途与希望的异人有些恍惚,他不敢相信眼前的这位商人有如此"通天本领",但感觉在长长的黑暗通道里看到一丝光亮,他叩头拜谢。

吕不韦果然拿出千金作为投资。先拿出五百金送给异人,作为日常生活和交结宾客之用;又拿出五百金买珍奇异宝,自己带着西去秦国"公关"。他先拜见华阳夫人的姐姐,通过其姐姐把珍奇异宝统统献给华阳夫人,并漫不经心地提及异人聪明贤能,"日夜哭泣思念太子和夫人","诸侯宾客遍及天下"……吕不韦"王婆卖瓜"的口才很好,令华阳夫人非常开心。

就这样,吕不韦说动了膝下无子的华阳夫人。老家是楚国的华阳夫人,高兴地收下了这位叫异人的赵国质子作为儿子,异人遂更名为子楚。华阳夫人的枕边风很快见效,还是太子的安国君暗自刻下玉符,决定立子楚为大秦的继承人。

吕不韦的投资很快成效显著,大功告成的他,还顺利成为子楚的老师。

我们今天看来,商人和企业家最大的区别就在于,商人只挣今天的钱,而企业家的眼光看得更远,他们考虑更多的是挣明天的钱。无疑,商人出身的吕不韦,一夜之间跃升成为出色的企业家。

吕不韦的眼光还远不止于此。有钱又有势的他，选取了一位非常漂亮而又能歌善舞的女子同居，此女子名叫赵姬，来自邯郸。一来二去，赵姬便很快有了身孕。

不知是天意还是人为。子楚看到赵姬后喜欢异常，或许他以为这只是老师身边的一位侍女，一次酒席间便情不自禁地求吕不韦把赵姬赐予他。吕不韦虽然心里很生气，但转念一想："这何尝不是一笔天降的大生意？"于是大方地献出了有孕在身的赵姬。

尚在赵国为质的子楚很快就当了爸爸，孩子是个男婴，唤名为"政"。这时，正逢秦军进攻赵国，围困邯郸，子楚与吕不韦逃脱出城，赴秦军回到秦国。留下赵姬母子孤零零滞留赵国八年之久，娘俩吃尽了人世间的苦头。

秦昭王在位五十六年，太子安国君嬴柱继位为王，安国君继位秦王仅一年便去世，谥号为孝文王。子楚即位，是为庄襄王。此时，秦国与赵国和解，九岁的赵政与母亲赵姬由邯郸回到咸阳，成为秦王的继承人。

子楚成为秦王后，吕不韦便摇身一变为相国，封为文信侯。哪曾想子楚也仅仅当了三年王，便匆匆离世，只活了三十五岁。

这一年是公元前247年，那个名叫赵政的小孩刚满十三岁，此时已经改名为嬴政。

吕不韦（前292—前235），姜姓，吕氏，名不韦，卫国濮阳（今河南濮阳）人。姜子牙二十三世孙。早年往来贱买贵卖，累积千金家财。后在邯郸结识子楚，并以千金助其登上秦国王位，又献赵姬生秦王嬴政。庄襄王元年（前249），吕不韦被拜为相国，封为文信侯，食河南洛阳十万户。吕不韦登相位后，模仿战国四公子，招致天下志士，食客多达三千人。令食客把自己所学所闻著写成书，汇集而成《吕氏春秋》。秦王政十二年（前235），秦王嬴政恐其叛变，吕不韦遂饮鸩自杀。

词条　吕不韦

吕不韦的"政治经济学"

大秦便接力棒一般,由庄襄王子楚传到嬴政手里。新立为秦王的嬴政,奉吕不韦为相国,并尊为"仲父",即第二个父亲。有这位"仲父"的垂帘听政,嬴政的王位无虞。

越来越让吕不韦担心的,是那位已经升任为太后的邯郸女子赵姬,正值青春妙龄却丧了夫君的她,无数个慢慢长夜空守寂寞。作为曾经一张床上的情侣,起初吕不韦在早朝过后,还会过去与赵姬缠绵一番,但随着嬴政一天天长大,作为"投资人"的他,清醒地知道,不能拿自己的财富和身家性命冒险。哪知赵姬欲壑难填,已尊为太后的她,却不愿就此罢休。

吕不韦怕事情败露,日后殃及自身,委实费了一番功夫。他暗中寻求到一个叫嫪毐的男人作为门客,此人最大的特点是性欲特别强。吕不韦让人告发嫪毐犯下了宫刑之罪,又拔掉其胡须假充宦官,并设法将此人进献侍奉太后。

就这样,在后宫的太后赵姬有了与嫪毐长期通奸的机会和条件,相安无事。

一生足智多谋的吕不韦没有想到,出身于市井无赖的嫪毐,本性难改,他仗着有太后的宠幸,竟忘记了自己姓甚名谁,胆子也越来越大了,从而建立起数千人的私党。他与太后纵欲之后,就在宫外为非作歹，惹得满朝上下愤懑不堪。

不仅如此，随着一天天羽翼丰满，嫪毐竟也打起了谋权夺位的主意。而到这时，吕不韦已然难以驾驭嫪毐了，他后悔莫及，却悔之晚矣。

秦始皇九年，也就是嬴政亲政的"元年"，就有人告发嫪毐实际并不是宦官，常常和太后淫乱并生有儿子，还与太后密谋若秦王死去，就立子继位。

这让嬴政大吃一惊，如五雷轰顶。

公元前238年冬初，正当嬴政在雍城举行加冠典礼时，以为正是时机的嫪毐利用太后的玉玺调兵，遂发动叛乱。岂料嬴政早有防备，叛军还没出咸阳，就被雍城开来的秦军剿灭。

嫪毐最终被灭了九族。太后所生两子（实际上是嬴政的两个弟弟）也被赐死。太后被收回玺印，软禁在最远的雍萯阳宫中。

聪明与智慧看似毫厘之差，有时却千里之巨。嬴政知道嫪毐惑乱宫廷没那么简单，他要追根溯源，弄清全部真相，吕不韦自然浮出了水面。虽说是仲父，嬴政还是接受不了残酷的事实。

嬴政给足了仲父面子。吕不韦被免，回河南洛阳享受十万户封邑。此时，吕不韦门下已有食客三千，家僮万人。这些还不为惧，真正让嬴政害怕的是，一年过后，各诸侯国使者还络绎不绝，到没有一官半职的吕不韦府上朝拜。

有了嫪毐的前车之鉴，嬴政又下令"迁蜀"，让吕不韦举家迁往更为偏远的蜀地。对政治颇有心得的吕不韦心里自然明白，嬴政要对自己下手了。他怕被诛九族，迫不得已，喝下鸩酒了却性命。

这一年是公元前238年。

司马迁在《报任安书》中为吕不韦留下了八字总结，叫"不韦迁蜀，世传《吕览》"。《吕览》就是我们今天看到的《吕氏春秋》。

《吕氏春秋》是吕不韦能名垂青史的重要砝码。可以说，一部《吕氏春秋》，奠定了吕不韦在历史上的地位——他要以此告诉世人和后人，他不只是"商人"和"政客"。

吕不韦当政的战国末年，正是豪门养士、游侠鼎盛的时代。各国权势政要礼贤下士，王族公子侯门竞开，皆以禄利网罗人才。此间，魏国有信陵君，楚国有春申君，赵国有平原君，齐国有孟尝君，四大公子，名重天下。

吕不韦入秦主持政权期间，除了继承富国强兵路线、积极对外扩张外，更为重要的，是在文化建设和振兴上着力，因为当时秦国的"国际形象"，还停留在"头脑简单，四肢发达"的武夫阶段。他以"四大公子"为重要参照，以优厚待遇遍寻天下英才，为的就是编撰《吕氏春秋》，重新在文化上树立自己和秦国的形象。

待群贤毕至过后，吕不韦让他们各尽所能，然后博采众长。可文章荟萃于一起时，才发现古往今来、上下四方、天地万物、兴废治乱、士农工商、三教九流……真可谓五花八门，写什么的都有。这一点也难不倒商人出身的吕不韦，他又挑选几位高手筛选、归类、删定。历经数年之力，那部包揽"天地、万物、古今"，"上揆之天、下验之地、中审之人"的奇书《吕氏春秋》终于面世。

从阴阳五行的理论架构，到经验主义的具体论证；从养生和贵己的"内圣"，到君臣之道和善治天下的"外王"；从个人和国家、社会和政权之间的关系调适，到自然之道支配下的生理、物理、事理和心理的互相配套，《吕氏春秋》总括先秦诸子，开启秦汉先声，形成了一个完整的思想体系。

商人天生有广告意识。《吕氏春秋》成书之后，吕不韦策划出一个绝妙的"一字千金"炒作计划。他请人把全书誊抄整齐，悬挂于咸阳城门，称如有谁能改动一字，即赏千金。此举轰动咸阳城，人们蜂拥而至，最终却无一人能改动一字，这正是吕不韦所要的效果。

轰动效应无疑是空前的，《吕氏春秋》和吕不韦的大名远播。

今天看来，吕不韦不愧为一个伟大的风险投资家，正是在他的资产的支持和运作下，当时强大的秦国进行了权力重组，而通过以秦政权为抵押进行资本运作，吕不韦成了真正的"无冕之王"。更为关键的，正是资本与武力的结合，为秦最终一举击溃六国、称霸天下，奠定了根本基础。

"半两"是秦代货币的名字，也是中国历史上第一次统一使用的流通货币。据说，铜钱上的"半两"二字出自李斯的书法，而"天圆地方"的"孔方兄"格局，也是肇始于"秦半两"。值得一提的是，吕不韦招纳天下学者编撰《吕氏春秋》时，荀子的得意门生李斯就在其间，也就是这个时候，李斯怀着施展抱负的愿望入秦。

有意无意间，吕不韦向秦国引进了一位经天纬地之才。

"天圆地方"堪称一个极富天才的创意，显示了当时人们最为简单的世界观，意味着普天之下可以共享战争的成果。

"天下千钧我半两"系清代诗人严我斯对秦代币制的历史评价，此言在理。"半两"虽小，却有着兼济天下、造福百姓的价值。

钱穆先生曾说，春秋还并不是货币经济的时代，根据《左传》记载，春秋时代列国之间或君臣之间互相馈赠，都不是用金钱，而是用礼物，包括车、马、锦、钟、鼎、美女乃至乐师，而绝无用黄金相赠者，即使有，也是从战国开始。

吕不韦的投资工具当然就是货币。因此我们须知道，除铁器的大规模使用之外，货币经济的普及，则是战国时代的另一个重要标志。

我国历史上第一次向国家政权投资，直接投资于国家间的战争，从而开辟资本与战争相结合的大路，就是从吕不韦开始的，虽然秦始皇心目中政治的成分远大于经济的成分。当然，这是后话。

又称《吕览》，是秦国相邦吕不韦集合门客们编撰的一部杂家名著。成书于秦始皇统一中国前夕。此书以道家学说为主干，以名家、法家、儒家、墨家、农家、兵家、阴阳家思想学说为素材，熔诸子百家学说于一炉。吕不韦想以此作为大秦统一后的意识形态，但后来执政的秦始皇却选择了法家思想，使包括儒家在内的诸子百家全部受挫。《吕氏春秋》集先秦诸子百家之大成，是战国末期杂家的代表作，全书共分二十六卷，一百六十篇，二十余万字。《吕氏春秋》分为十二纪、八览、六论，注重博采众家学说，以道家思想为主体，兼采阴阳、儒墨、名法、兵农诸家学说，是中国历史上第一部有组织按计划编写的文集。它上应天时，中察人情，下观地利，以道家思想为基调，坚持无为而治的行为准则，用儒家伦理定位价值尺度，吸收墨家的公正观念、名家的思辨逻辑、法家的治国技巧，加上兵家的权谋变化和农家的地利追求，形成一套完整的国家治理学说。高诱说《吕氏春秋》"此书所尚，以道德为标的，以无为为纲纪"。

词条 《吕氏春秋》

第 14 章　我看到了北宋的影子

德国马克上的"那道门"

赫尔斯登城门前，躺着两头狮子，一头狮子睁着左眼闭着右眼，另一头狮子睁着右眼闭着左眼。

坐在吕贝克赫尔斯登城门外的睡狮旁，透过前方百米开外的城门洞，我望着那片一尘不染的老城发呆——那是欧洲中世纪的产物。那门，和门里的一切，数百年来几乎没有发生过变化。

也就是说，就算康熙爷来这里，看到的也是和我同样的景致。

我顿生一种恍惚感，觉得眼前看到的特别不真实。那门，和门里的一切，都是一种幻觉……我恍然回到了汉萨同盟时代，看到的是一个辉煌的吕贝克；又恍若回到了飞机轰鸣的第二次世界大战时期，看到的是一个哭泣的吕贝克。

我的身旁，人们在草坪上忙着摆弄各种造型，争相拍照留影。坐在草坪上，阳光甚好，仰望蓝天，天朗气清。

赫尔斯登城门是为吕贝克量身定做的标志。一定意义上讲，也是德国最显著的标识。这里是观看吕贝克的最佳之地。由是，我静坐于此，默默地摸着睡狮的头，久久不愿起身。

吕贝克，一个很有故事的古典小镇——在赫尔斯登城门坐久了，总有一种看不够、看不透的感觉。之前虽然两次到过德国，但都没有这次看了赫尔斯登城门之后的那种写作冲动。

既然如此，那就从视野中的赫尔斯登城门写起吧。

最先认识赫尔斯登城门，是第一次去德国之时，在德国马克（欧元之前的德国货币）的 50 元纸币上。其钱币的正面，就是赫然醒目的赫尔斯登城门，两个高帽子一样的圆锥尖塔，夹着一个大大的门洞，门洞上面是四层由窗户组成的排楼。

能入选国家货币图案，肯定有其过人之处，也可看出赫尔斯登城门在德国的影响力。

这城门给人印象太过深刻，以至我难以忘怀。之后在涉及德国的影视纪录片、人文旅游画册上，我也多次见到过，算得上德国明星级人文地标了。

一定意义上讲，它不仅代言吕贝克，也应该算得上"德国之门"了。

虽然城门看上去豪华气派，这道门却一度面临被撤除的命运。那是 1863 年，当时市议会大厅里的人们正紧张地为赫尔斯登城门的命运进行投票表决，经过两个多小时的激烈辩论，最终以一票之差将城门保留了下来。原来，吕贝克地区的土基十分松软，城门的巨大重量集中在一处，重压之下地基严重下陷，如果不撤除就会成为危险建筑，如果要维修又注定是一笔巨大开销。

事实证明，大多数议员的决策是正确的。赫尔斯登城门给吕贝克带来的影响力，是难以估量的。

穿过吕贝克老街熙熙攘攘的人流，再绕过川流不息的车流，我来到赫尔斯登城门，仰望着巨大的门，感觉个体实在太渺小。

城外是一片翠绿的草坪，草坪尽头的两边，躺着两尊金色的狮子。

"睁一眼闭一眼"的睡狮设计，很有意思。一个睁着，时刻警惕地注视着城门外的一举一动，确保秋毫无犯；一个闭着，恬淡而悠然，气定而神闲，颇似养精蓄锐。

是它们，轮流守候着吕贝克的平安与宁静。

今天看来，无论是街道上竖着栽进地里的砖头，还是略显几分沧桑的教堂，抑或是一直透着鲜艳色彩的街道两旁……在外来者眼里，吕贝克仿佛一直生活在"昨天"。置身其间，我恍然看到了汉萨同盟时代，那个吕贝克洋溢着青春活力的辉煌岁月。

波罗的海东岸的冬天寒冷严酷，在整个世界还没有一套游戏规则的千年之前，商人随时会遇到海盗的掠夺和外敌的入侵。面对当时的现状，有一群人就在思索着如何解决这些问题，为了给波罗的海沿岸从事贸易的商人提供帮助，让他们有一个无忧无虑的营商环境，必须组成一个组织提供帮助。

1190年冬天，一群德国商人终于走到了一起，开始建立各种"汉萨"。

汉萨（Hansa）一词，德文原意为"公所"或者"会馆"。"汉萨同盟"意思是擅长与外国城市或国家进行贸易的商人社团或协会，类似于商人公会或行会，如"汉堡汉萨""科隆汉萨"。

1241年"汉萨同盟"正式建立，它的发起者就是站在我眼前的，看似体量最小的吕贝克。

从11世纪起，随着神圣罗马帝国皇帝权威不断下降，无法保护城市的安全，许多城市互相结盟，以抵御贪婪的地方领主、海盗和其他威胁。但是，很多城市的同盟关系是短暂的，外部威

· **624** 第14章 我看到了北宋的影子

胁一旦解除同盟就解散。

1241年吕贝克与汉堡缔结的商业同盟则不同。吕贝克的主要产业是捕捞附近海域的鲱鱼，销售到中欧等地。当时，鲱鱼是欧洲人的重要饮食来源。但是，吕贝克的鲱鱼必须腌制方能保存。因而，吕贝克与能够提供食盐的汉堡缔结商业同盟，互相降低乃至免征关税，而且开凿了一条连接它们的运河，这是汉萨同盟的雏形。

翻看汉萨同盟的经历，一点儿也不复杂，在没有联合国的古代欧洲，是下面几个关键时间节点，把吕贝克送上了舵主的宝座——

1282年，伦敦、布鲁日的"汉萨"加入由吕贝克、汉堡等城市组成的"汉萨"，标志着"商人汉萨"走向"城市汉萨"。

1293年，吕贝克邀请一些同盟城市代表召开大会，会议决定今后凡是与各城市有关的案件，都依照吕贝克的法律予以解决。会后，有26个城市投票通过这一决议。

从此，吕贝克成为汉萨同盟总部所在地。

到1300年，波罗的海沿岸的神圣罗马帝国的所有城市，如不来梅、格但斯克等，都加入了汉萨同盟。

14世纪，汉萨同盟的势力达到鼎盛，加盟城市达160多个，控制了北欧的贸易。

与我们今天的理解不同，800年前的汉萨同盟不是一个帝国，不是一个国家，甚至都不是一个邦联。同盟城市的每一个会员，享有高度的政治自由与政治独立，缔结的一切条款都建立在自愿与相互对等的基础上。它的宪章与条款非常松散,并没有任何强制性的政治约束,也没有将城市主权结合在一起,以此捆绑为更高政治体。即便如此,就是这样一个看似松散却权威的组织,却可以战胜当时的王国与帝国,捍卫商人的和平与尊严。

神奇而极具诱惑力的汉萨同盟,被誉为最早的海上经济联合国。

如果今天拜访汉萨同盟历史上的活跃地区,也就是以德意志北部为圆心辐射的周边各区域,你会遇上一连串明珠般的美丽都市,它们个个小巧精悍,风物宜人,不知道哪个角落里就藏着某个有数百年历史的老店。说不定它们就是当年汉萨同盟成员的一个重要基地。

汉堡、吕贝克、不来梅、柏林、哥本哈根、哥廷根、科隆、明斯特、安特卫普、奥斯陆、斯德哥尔摩、卑尔根、但泽、柯尼斯堡、克拉科夫……我们今天来看,这份汉萨城市的名单实力并不算出色,甚至略显平庸。

能把这些大佬团结在自己周围,吕贝克的魔力与魅力肯定不一般。这又让我想起了德国马克上的那道"德国之门"。很多人眼里,能代表"德国之门"的,无疑是地处柏林市中心的勃兰登堡门,它是柏林的标志,也堪称德国的国家标识。相对于赫尔斯登城门,修建于1791年的勃兰登堡门更现代、更气派,也更具有象征意义——以雅典卫城城门为蓝本,门顶上镶嵌着胜利女神驾驶四轮马车的铜像,张开翅膀的女神手持权杖,还有橡树花环、铁十字勋章和展翅鹰鹫的陪衬,这一切元素都指向"胜利"。

我以为,赫尔斯登城门就是另一个意义上的勃兰登堡门。它们彼此有一种历史传承关系,特别是门楼上镌刻的那行金色和平宣言"对内和谐,对外融洽",是德意志精神最本真的表达。

初看上去,赫尔斯登城门很像一座安徒生笔下的童话城堡,两个尖尖的塔楼直指天空,似乎有种的魔力。推开城门,你就进入一个童话般的城堡世界。放眼一望,屋面用的都是德国拉斐天然石板瓦,沉稳大气,充满历史韵味。闭上眼睛,就能想象当年的吕贝克是怎样的一个场景。

地处海边又富得流油的吕贝克,在海盗猖獗的中世纪,自身安全问题肯定是头等大事。当时,只有四座城门可进入吕贝克城,现在只剩下两座城门,一座是地处北边的吕贝克城堡门,此门修建于15世纪中叶,晚期哥特式风格。另外一座位于城西,就是赫赫有名的赫尔斯登城门,比吕贝克城堡门晚二三十年建成,为增强其威武性和仪式感,1685年又新增了巴洛克头盔状屋顶。

赫尔斯登城门是吕贝克唯一完整存留的中世纪城堡大门遗迹,也是现残存的中世纪老城墙中最美的一部分,主要由南北两个庄重的塔楼和一个中央建筑构成,塔顶是圆锥形,共有4层。现在除了景观功能外,还是一处位置极佳的博物馆,内部陈列着吕贝克过去的城市模型,古代的作战地图、兵器和战船模型等,可以让南来北往的游客深入了解这里的历史与文化。

这里的一砖一瓦、一草一木,更能够让我们这等外人,感受到中世纪欧洲的浓厚氛围。

词条 吕贝克

始建于1143年,自13世纪末至15世纪为汉萨同盟盟主,被冠以"汉萨女王"的美誉,是整个波罗的海地区汉萨同盟的光辉典范。这座中世纪老城是砖砌哥特式建筑风格最重要的代表之一,使人回忆起这座城市作为早期世界贸易枢纽的辉煌历史。吕贝克的汉西梯克城位于德国石勒苏益格－荷尔斯泰因州,是德国中世纪最宝贵的建筑。1987年根据文化遗产遴选依据标准,汉萨同盟城市吕贝克被联合国教科文组织世界遗产委员会批准作为文化遗产列入《世界遗产名录》。今天,这里仍是海上商贸中心。尽管在第二次世界大战期间城市遭到破坏,但经过一系列的修复和改进工作,吕贝克仍然保持了15至16世纪宏伟的贵族住宅街道景色,具有历史价值的地区位于特拉沃河的北岸,那些建筑包括著名的砖门和盐楼,是汉萨同盟强大的见证。

"老大"的地位,是打出来的

说起欧洲的中世纪,不得不提到汉萨同盟带领德意志商人组织过的多起贸易战。时间从13世纪晚期到14世纪上半叶,贸易战的对象从佛兰德斯到挪威,手段从搬迁商站到实施贸易禁运,多种多样,不一而足。

古今中外,"老大"的名气,都是一枪一炮靠实力真刀真枪干出来的。在此过程中,汉萨同盟的力量不断壮大,商业活动的范围也不断拓展。

地盘扩大了,家底雄厚了。许多领主和国王对此或者感到不安,或者虎视眈眈。他们觊觎商人的财富,认为这些财富本来应该归自己所有。当然,他们更害怕商人用这些财富去支持反对他们的力量,比如争夺王位的王子,或者心怀不轨的贵族。比如,丹麦国王瓦尔德玛四世就是一个极好的例子,以故事解释理论的张笑宇先生,给我们讲述这样一个汉萨同盟早期与丹麦王室恩怨的故事。

丹麦算得上汉萨最早的敌人。其原因还要追溯到1227年。当时的丹麦国王跟同盟雏形的吕贝克和汉堡干了一仗,那时候汉萨同盟还没成立。没想到,商贸城市吕贝克和汉堡把国王给打败了。心怀不满的地方贵族指责国王无能,逼迫丹麦国王签了一个宪章来限制国王的权力。与英国《大宪章》不同的是，它对国王权力的限制是非常实质性的。

维斯比，瑞典哥特兰岛上一座迄今仍保留中世纪风貌的小城，就是在今天也只有二万余人。在中世纪，这座城市的规模更是小巧玲珑。1361年的某一天，丹麦国王瓦尔德玛四世集结了一支舰队，突袭了哥特兰。这座城市别无选择，开战不久被迫投降。据说，瓦尔德玛四世破城之后，在城中心摆放了三只木桶，告诉城中长者，如果三天内维斯比人不能用金银把木桶装满，他就要放纵手下洗劫城市。

令他意外的是，第一天夜幕降临之前，三只木桶就被装满了。

很显然，瓦尔德玛四世的这次"实验"成功了，因为他要的不仅仅是财富，他更希望得到的是，这座城市百姓完全臣服于他的心。

于是乎，他的要求升级了——维斯比修改自己的宪章，从汉萨同盟中退出。

汉萨同盟之所以强大，就是因为它的每个成员城市，都按照统一的宪章规定，来对待其他成员的市民和商人。

对中世纪的商业城市来说，宪章就是一份庄严的契约——是一份重要的承诺，是这个城市对自己市民权利的承诺，也是对外来商人权利和安全的承诺。

维斯比人心里比谁都清楚，这承诺关乎生死。一旦维斯比无法再履行这个承诺，它将迅速衰落，难以立足天地之间。

这一切，以暴力为后盾的国王当然不懂，高高在上的他，也不想懂这些。

在"立即死"和"慢慢死"面前，维斯比没有选择。丹麦国王瓦尔德玛四世带着财宝和新的宪章满载而归。当他离开后,维斯比的使者把情况通报给了汉萨同盟的领袖——吕贝克。

商人们愤怒了,在他们看来,丹麦国王用武力强迫城市修改宪章,是对他们神圣权利的严重侵犯。为彻底教训这个不可一世的国王,他们这一次决心从同盟众多的"工具箱"里,拿出"贸易战"和"武力"两种最有力的利器,来强力回应。

丹麦面临的"贸易后果"是,汉萨同盟所有成员立即放弃在丹麦的所有业务,不得与丹麦人通商,同时封锁丹麦港口和船只;而丹麦面临的"武力后果"是,汉萨同盟立即组织庞大的舰队,进攻丹麦。

1362年,一支有52艘战船的舰队驶向丹麦,其中27艘是中世纪北欧最为先进的柯克船。让丹麦逃过一劫的是,汉萨同盟舰队的指挥官弄错了登陆地点,让瓦尔德玛四世取得了意外的胜利,他不但奇袭了汉萨军队,还捕获了对手12艘战船。

意外取胜的瓦尔德玛四世更加坚信自己的能力与实力,一些汉萨同盟的成员也不想太耗费精力,他们毕竟是生意人,大账小账都要算。于是双方展开谈判,瓦尔德玛四世天真地认为,这些商人平时总会因为利益分配不均而钩心斗角,使联盟破裂,到那时,他便可以在谈判中尽占上风。他没有想到的是,危机面前,汉萨同盟的商人空前团结,而且他们已经看清了瓦尔德玛四世的嘴脸,利用谈判之机,竟然找到了最关键的制胜法宝——条顿骑士团。

中世纪的欧洲,骑士团是个很神奇的组织。公元8—9世纪,维京海盗南侵,许多骑士受召征讨盗匪,但他们道德水平低下,自律能力不足,往往成为新的盗匪力量。面对这样的乱世,天主教会站出来，号召骑士实现"上帝治下的和平"，遵守基本宗教戒律。一些骑士受到感召，自发成立了骑士团。

条顿骑士团是中古欧洲最著名的三大骑士团之一。他们加入汉萨同盟的直接原因，是丹麦王国在海上针对汉萨同盟的商船，发动无差别袭击，把条顿骑士团的船也当作猎杀对象。为了报复丹麦，1366年，条顿骑士团与吕贝克组成共同针对瓦尔德玛四世的军事同盟。次年，受丹麦军舰海上劫掠的影响，荷兰也加入了这一同盟。

围猎面前，再凶狠的狮子王都会成为瓮中之鳖。仅仅一年时间，丹麦哥本哈根被占领，瓦尔德玛四世如丧家之犬，逃往与哥本哈根隔海相望的赫尔辛堡。迫不得已，他只好甘拜下风，请求停战。

汉萨同盟开出三大条件：丹麦国王必须恢复汉萨商人在丹麦领地内的排他性权利；维斯比必须恢复其自由宪章；丹麦国王在选择其王位继承人之前，必须得到汉萨同盟的同意。

在我们的认识中，这样的条件不算是什么条件，既不割地，也不赔款。但在中世纪的欧洲，规则比什么都重要，这一点很像中国春秋战国的士人，名节重如生命。特别是第三条，是汉萨同盟对国王的一种制裁。前两条算是要求恢复到战前状态的一种铺垫。

结果没有例外，已经山穷水尽的瓦尔德玛四世只有照单全收。

这是中世纪的欧洲大地上，第一次有一群商人，在没有掌握任何国家政权的前提下，不仅赢得了对国王的胜利，更为重要的，是赢得了如此崇高的地位，这是他们今后在江湖上行走的重要利器。

阅读文明史，我们会发现这样一个有趣的现象和规律：通过交易相互获利是人的天性，通过暴力垄断权力同样是人的天性，而后一种天性常常战胜前一种天性。"秀才遇到兵，有理说不清"，商人遇到兵，有钱也说不清。在暴力集团和商贸集团之间，或者说在暴力集团和其他任何社会集团之间，存在着一种显著的"不对称性"：枪可以打死人，其他任何社会资源都砸不死人。这种不对称性，或许正是为什么商贸秩序需要几千年的努力，才实现对暴力秩序的突围的原因。

突围何以可能？历史上，商贸集团的无奈选择往往是：收买暴力集团、依附暴力集团或干脆构建自己的暴力机器。

据说，为了庆祝这次历史性的胜利，吕贝克小镇上开始了为期一周的狂欢。那7天时间，挤满了很多南来北往的人，小镇本来就小，人一旦拥来，就显得十分热闹而隆重。

为了找到当初那个热烈而隆重的氛围，我特地爬到镇上最高的教堂顶上俯视整个城市，映入眼帘的这个海洋城市，真的小巧玲珑，漂亮非常。从空中俯视，吕贝克那道中世纪城门恰恰夹在两条道路中间，狭窄而紧凑，酷似一个椭圆形瓶子，而赫尔斯登城门就恰恰处于瓶口。

从那个方位看上去，城门的功能更加突出。敌人一旦进入，准成瓮中之鳖。

其实说是城门，也不完全准确，它更像是一座红色小城堡。

吕贝克只是德国北部的一个小镇，但它的名气却足够大。所以临出发前我就做了一些功课，把它与千年之前的"海上联合国"——汉萨同盟紧紧地联系在一起。也知道它就是这个海上帝国最早的核心，但到了吕贝克我还是不由得吃惊。这样一个看似普通的小镇，有何魅力成为一个无与伦比的领袖角色？

　　1367年，汉萨同盟第一次全体成员大会在吕贝克召开。最初，同盟只是为了促进共同的商业活动和利益，但随着实力越来越强，说话的底气也越来越足。这个时候的欧洲，国家的实力和势力强大无比。当同盟在连续三次战争中，用制胜法宝——条顿骑士团将丹麦国王瓦尔德玛四世打得乖乖认输之后，也就有了对付其他国家的良策。

　　那些锦囊妙计和最高决策，都是在吕贝克这个大脑发出的。慢慢地，一个小小的吕贝克坐上了江湖的头把交椅。

词条　汉萨同盟

指中世纪德意志北部城市之间形成的商业、政治联盟。汉萨一词，德文意为"公所"或者"会馆"，对应的日耳曼语词 Hansa 的原意为"集团"。13 世纪逐渐形成，14 世纪达到兴盛，加盟城市最多时达到 160 个。1367 年成立以吕贝克城为首的领导机构，由汉堡、科隆、不来梅等大城市的富商贵族参加，拥有武装和金库。1370 年战胜丹麦，订立《斯特拉尔松德条约》。同盟垄断波罗的海地区贸易，并在西起伦敦、东至诺夫哥罗德的沿海地区建立商站，实力雄厚。15 世纪转衰，1669 年解体。从 13 世纪后期，汉萨同盟进行的主要战争：1284—1285 年，汉萨同盟与挪威的战争；1361—1362 年，汉萨同盟与丹麦的战争；1367—1370 年，汉萨同盟与丹麦的第二次战争；1426—1435 年，汉萨同盟与丹麦的第三次战争；1438—1441 年，汉萨同盟与荷兰的战争；1469—1474 年，汉萨同盟与英国的战争。

三位老人和"七个尖塔"

到访吕贝克老街时正值中午,太阳将这里的每一条小巷都照得锃亮。阳光下的红砖布道,给人以莫名的刺激和兴奋。加之给我们解说的是一位在吕贝克生活了10多年的山东女学者。女学者姓陈,她结合中国文化,解说得十分专业和到位,从历史到现实,从经济到人文,吕贝克简直就是她诵读过无数遍的一本书。在她的嘴里,吕贝克的一切都可以信手拈来,就好像这里才是她的故乡。

这样的解说让我很受用。当我不解地看着她时,陈女士才抿着嘴笑着解释:"我的先生就是地地道道的吕贝克人。"或许正是这位山东美女的滔滔解读,才让我更深刻地认识了这座中世纪的文明古城。

我不禁想,一个地方的推介,选对合适的人真是太重要了。

为方便对我们直观解说,陈女士还特别准备了两张彩色的图,一张是吕贝克的鱼骨形地图,一张是"七个尖塔"。

吕贝克是那种你第一眼就会喜欢上的城市,紧凑的古城中精致华丽的建筑鳞次栉比、错落有致,有童话世界的美感,却一点儿也不失庄严。又似一曲乐章,高潮的地方让你心潮澎湃,激动万分,低回婉转之处,往往又直击你心灵柔弱之处。

老城区的街巷结构多是一条稍宽的巷子直通远方,左右连接着很多条四通八达的窄巷,呈现鱼骨一样的放射形状。"鱼骨形城市"便由此而来,十分形象。

我曾两次到过德国,德国给我的印象,每次都不一样。是自然?是人文?是历史?是现实?我都有感受。但更多的感受,可以用两个字来概括——安逸。鱼骨形街道看上去、走上去,都很安逸,特别是古街上镶嵌有一段新铺设的大理石,据说是一家中国公司中标后,用取自中国的石材铺设而成,我更感亲切且自豪。

无论是宽宽的街道还是窄窄的巷子,都很人性化,小街看似密密麻麻,但即使你第一次来,也不会觉得陌生,每当分不清东西南北时,只要回到中央较宽的那条街上,然后再去找另一条小街,保准没错——街上有很多游客,也和我一样,又惊奇又茫然地在陌生的街上欢快地窜来窜去。

漫步在立柱小方石块铺成的大街上,你随时都在穿越,一步踏入历史,一步又走回现实。这些小石块都被岁月和无数人的脚磨得圆滑光亮,踩在上面就像做足底按摩,特别舒适。

古老的建筑,干净的街道,悠闲的游客,还有那些随处可见的鸽子,吕贝克让人感到神清气爽。有些地方特别拥挤,像菜市场,有些地方又特别空旷,如同空城。整个城市贵族气十足,这便是老城的景致。

抛开过往历史,抛开种族争端,抛开一切恩怨……只剩下"安逸"二字,让人记忆深刻。

除了"安逸"之外,吕贝克让我眼前一亮的,还有它的气场——孕育出三个诺贝尔奖得主的强大气场。要知道,这是个到今天为止也仅有20万人的小城。这样的奢华,吕贝克当然有理由骄傲。

三位诺奖获得者,就整齐地镶嵌在"鱼骨"清晰的肌理中,揉进吕贝克的风骨里。

诺贝尔文学奖获得者托马斯·曼是土生土长的吕贝克人,父亲是一位巨商,死后家道中落,后来贫穷潦倒,这过山车般的体验对他的影响很大,26岁时托马斯·曼便出版了其成名作《布登勃洛克一家》。这部作品以一个大家族为背景,勾勒了一幅"老子创业,儿子守业,孙子败业"的盛衰图,这其实也是19世纪德国社会的变迁图,有专家盛赞这是20世纪德国版《红楼梦》。1929年,诺贝尔文学奖让《布登勃洛克一家》在德国家喻户晓。因为小说以吕贝克为写实对象,一度让这里的人受不了。时间是最好的良药,直到托马斯·曼80岁时,他的乡亲们方释然。他们以投票表决的方式授予托马斯·曼为吕贝克荣誉市民。

也就在这一年,托马斯·曼安然离世,面对故乡和故人,他此生无憾了。

1993年,"布登勃洛克宅邸文学博物馆"在寸土寸金的吕贝克老城落成,由不解到理解再到骄傲,吕贝克人以这样的方式让托马斯·曼不朽。

从这里沿步行街往北一个街区,就是国王十字街,北行几步,便是德国前总理勃兰特纪念馆。勃兰特也是地地道道的吕贝克的孩子,后成为西柏林市长,并官至联邦总理。他一生致力于东西方和解,人生的精彩之处,在于1970年访问波兰时,作为第二次世界大战加害国的领导人,他意外的"世纪之跪"感动了整个世界。他也因此荣获诺贝尔和平奖。

在《我的世纪》中,作者以白描的方式,用文字勾画了当时历史的瞬间：

在曾经是华沙犹太人区的地方，1943年5月，它被以失去理智的灭绝人性的方式摧毁并且野蛮地抹掉。在这里，德国总理独自一人跪在一座纪念碑的前面，从两座青铜的枝形烛台里窜出的火苗每天都被风吹得呼呼作响，在十二月的这个又冷又湿的日子里亦是如此，他表示悔过，忏悔所有以德国名义犯下的罪行，他将过多的责任担在自己的身上，他，这个本身并没有责任的人，却跪下了……

吕贝克的老建筑可谓"千窗百孔"，特别是那一幢幢精美的教堂，在第二次世界大战末尾被炸得面目全非。同下跪的勃兰特一样，这些建筑本来也没有什么责任，却在默默地承担着极其可怕的后果……德国的反省赢来了世界的掌声。

吕贝克不大，博物馆、纪念馆和教堂却不少。格拉斯纪念馆就坐落在勃兰特纪念馆南边的地方。格拉斯是文学巨著《铁皮鼓》的作者，也是诺贝尔文学奖获得者。

战后德国文学的一个重要主题，就是清算纳粹时期德意志民族所受的空前浩劫，《铁皮鼓》就是一部呼吁民族自审的代表作。《铁皮鼓》出版40年后，于1999年获得诺贝尔文学奖。得知获奖的那一天，格拉斯风趣地说，为了这一天，他等待了20年。

格拉斯八旬高龄时，又写下回忆录《剥洋葱》，深情告白道："回忆就像剥洋葱，层层剥落间，泪湿衣襟。"

在我的眼里，吕贝克从未走出过中世纪，我就像一个穿越在中世纪吕贝克大街上的局外人，来感受这座古城的不一样与不一般。

陈女士放下"鱼骨形地图"后,左手指着蓝天下高耸的蓝色尖顶,右手又马上拿出"七个尖塔"滔滔不绝。来吕贝克之前,就听说这座城市的别名叫"七尖塔之城"。没想到,放眼望去,到处都是尖塔,可谓尖塔成林。后来才知道,所谓的"七尖塔"是特指吕贝克里五座非常有名的教堂,因为有两座教堂拥有双塔,所以加起来是"七尖塔"。

教堂无疑是欧洲的精神家园,也是每座城市最精华的建筑。中世纪欧洲的城市如果没有教堂的话,是难以想象的。吕贝克的"七尖塔"有什么特别之处?正当思索之际,陈女士一语震住了我。她直言,是"七尖"共同拱卫起古老的吕贝克,如果抽掉了这些"尖",整个吕贝克的灵魂便不复存在——这,就是教堂的魔力。

她以拥有双塔的圣玛丽教堂为例加以佐证。红砖结构的圣玛丽教堂,是当地人第一次用本地烧制的砖,替代天然石料建造的哥特式教堂,有着世界上最高的砖结构拱顶。这座教堂建于13世纪,其他四座教堂都有着与圣玛丽教堂类似的履历。

七尖顶勾勒出吕贝克古城曼妙的天际线,城中到处是古老的建筑和狭窄的小巷。走在这些巷子里,很容易被抬头就能看见的高耸尖顶还有色泽鲜艳的民房及店铺所吸引。

战火洗礼后的"七个尖塔"给人垂垂老矣之感,战火已经使它们伤筋动骨,上百年来,不是在维修,就是在等待维修之中。陈女士也不失风趣地说:"几十年来,中国都在忙于修建新的建筑,而德国,却在忙于修复旧的教堂。"

教堂是一个让人感到渺小的地方,在欧洲行走,教堂会让你时时处于兴奋和感动之中。每每看到一处,以为教堂的美已是极致了，走进另一座城市的教堂却发现，还有更令你赞叹的。欧洲人把全部的文化和历史，都倾注在教堂身上，留下来，在后人面前炫耀。

德国的教堂，给我以极度震撼的，不是"七个尖塔"，是柏林大教堂。

在欧洲行走得久了，看教堂也会有一种审美疲劳，但柏林大教堂是个例外，百看不厌。我围绕它四周仔细打量，不时举起相机"咔嚓"，即便如此，还是久久不愿离开。从外到内，一层一层，我特地走进它的心脏，直接来到它的大脑，鸟瞰柏林。

教堂内一处一处的精美自不必说，让人过目不忘的，是楼梯间的教堂修筑示意图和反映建筑进程的图片。从局部到整体，从简单到复杂，一直全景展示到最后完工。也就是说，你旋转着爬楼梯的同时，一座纸上的教堂，便自然而然完成了。

更为绝妙的是，教堂还设有几个特别的陈列室，陈列着当年被轰炸时，从教堂身上掉下来的一些重要部件。那些折翅的天使，那些精美的花环……与之相呼应的，也有被炸后一些让人心碎的图片。

在这里，柏林大教堂的整个档案信息，全都毫无保留地公布给前来的每一个人。你感动也好，唏嘘也罢，那是你自己的事，大教堂就像一位历史老人，静静地矗立在那里，如山一般任人品评。

无论是圣玛丽教堂还是柏林大教堂，身上都有一层黑黑的烟尘，据说那是炸弹爆炸时留下的印痕。战争让它们伤了筋动了骨，这些教堂一直处于修复状态，柏林大教堂肌体上还残留有不少弹孔，圣玛丽教堂也多半时间遮住面孔。

快一个世纪了，战争留下的疤痕一直未能散去。

地处"兵家必争之地"，吕贝克自诞生那天起，就无论如何也难以置身事外。这里有德国在波罗的海最大的港口，而旧城部分又是两条海河包裹起来的一个小岛。天生丽质且地理位置俱佳，注定了富贵的命运。冷兵器时代的漫长岁月里，成王败寇的例子屡见不鲜。因而，吕贝克的历史跟世界上任何一座城市的历史一样，都是在打来打去中不断成长和壮大起来的。

一种兴盛于中世纪高峰与末期的建筑风格。由罗曼式建筑发展而来，为文艺复兴建筑所继承。发源于12世纪的法国，持续至16世纪，哥特式建筑在当代普遍被称作"法国式"。"哥特式"一词则于文艺复兴后期出现，带有贬义。哥特式建筑主要见于天主教堂，也影响到世俗建筑。哥特式建筑以其高超的技术和艺术成就，在建筑史上占有重要地位。其最明显的建筑风格就是高耸入云的尖顶及窗户上巨大斑斓的玻璃画。这种风格的建筑影响了后世很多建筑的风格，也为后来的建筑师提供了很多宝贵的设计灵感，在建筑史上有着不可替代的地位。这一类建筑以卓越的建筑技艺表现了神秘、哀婉、崇高的强烈情感，对后世其他艺术也有重大影响。代表建筑物有俄罗斯圣母大教堂、意大利米兰大教堂、德国科隆大教堂、英国威斯敏斯特大教堂、法国巴黎圣母院等。

词条　哥特式建筑

是什么成就了这座小城？

自古以来，弗里斯兰人、弗拉芒人、斯堪的纳维亚人、斯拉夫人控制了波罗的海和北海沿岸各地的长途贸易，并建立了比尔卡（瑞典）、图拉索（波兰）、什切青（波兰）等贸易中心。12世纪，哥特兰岛上的维斯比不仅变成了波罗的海的主要商业中心，而且在俄罗斯的诺夫哥罗德设立了商站。这些商贸中心为后来的汉萨同盟商业网络奠定了基础。

1143年，神圣罗马帝国的荷尔施泰因伯爵阿道夫在波罗的海与北海之间最狭窄的地方建立了一座城市，取名"吕贝克"。

1157年，帝国皇帝罗退尔二世之孙萨克森公爵"狮子"亨利，迫使阿道夫把吕贝克转让给他。亨利赋予吕贝克许多商业特权，鼓励外国商人到此进行贸易。

1180年，帝国皇帝"红胡子"腓特烈一世掠夺了亨利的所有领地（包括吕贝克），但承认了吕贝克已经取得的特权。

1226年，帝国皇帝腓特烈二世授予吕贝克"帝国城市"地位，让它不受当地领主管辖。有利的地理位置以及易北河以东唯一的帝国城市的地位，为吕贝克成为后来汉萨同盟的核心奠定了坚实基础。

为什么汉萨同盟的商人能取得如此辉煌的胜利？为什么给人

留下野蛮、愚昧印象的中世纪欧洲，有产生汉萨同盟的土壤？乱世当道，人心思定。有钱人都呼唤"秩序"二字，以保护其财产和公平的营商环境。"同盟"二字呼之欲出。张笑宇从专业角度分析，认为有三个条件至关重要。

第一个条件是13世纪全球商路的贯通，惠泽了欧洲中北部地带。

新航路开辟之前，贯通欧亚大陆的商路主要有两条，也就是中国人熟悉的陆上丝绸之路与海上丝绸之路。陆上丝绸之路大致起于长安，经河西走廊、敦煌、塔里木盆地，分三条路线穿行中亚河中地区，最终在马什哈德汇合前往大马士革或君士坦丁堡，经此进入欧洲。海上丝绸之路则从泉州或广州出发，下南洋绕行马六甲海峡，沿途经过印度与斯里兰卡，去往阿拉伯海或红海，途径大马士革或开罗等地，再前往欧洲。

无论是哪条航线，欧洲之后的行程都是一条附属路线。由于天主教和伊斯兰教的敌视关系，异教徒可能遭到迫害，商船可能被扣押，财产可能被没收。因而，到威尼斯成为地中海霸主之前，由意大利往西的商路基本上可以说是不予考虑的路线。

也就是这个时候，蒙古的征服，为欧亚大陆商路的贯通与繁荣创造了条件，往来东西的商人携带货物与资本，就好像为河流注入了水一样，激烈的湍流可以冲开此前淤塞的航道，世界大商路终于可以继续向西延伸，翻越意大利北部的阿尔卑斯山，经由法国的香槟集市，继续向北通往莱茵河流域、佛兰德斯沿岸、伦敦地区和波罗的海沿岸。

这些区域的商人活动因此变得频繁。这是商贸秩序在欧洲中北部兴起的根本。

第二个条件是当地的政治社会结构，主要是神圣罗马帝国的"多孔化结构"。

神圣罗马帝国是一个法兰克人的国度，而法兰克人历来实行封建制度。与先秦时代的分封制不同，法兰克人的分封并不一定建立在血缘关系的纽带上，而更像是建立在国王与领主之间的"合同"关系之上。国王把对土地的支配权和收益权分给领主，领主则以军事力量回报国王。实际上，这种"合同"关系不光存在于国王和领主之间。领主和商业城市、领主和主教、主教和商业城市之间，都存在这种类似的"合同"关系。

这种"合同"关系，与"普天之下莫非王土"的权力覆盖关系有很大区别，为此，张笑宇发明了一个新的术语——"多孔化结构"。

张笑宇认为，在多孔化的政治结构中，你总可以换一个对象打交道。领主不行有主教，主教不行还有国王，而且国王不止一个，到处都有利益不同、相互对抗的国王。谁撕毁了跟你合作的合同，你可以马上跟他的对手合作。

这种情况下，大家就都有遵守合同的动力。

第三个条件，是行会组织的兴起。

行会的本质是商贸和手工业领域产生的自组织。在商贸城市中，由于各个领域的专业门槛很高，维护市场秩序、达成买卖交易的行会组织的地位就越发重要。而这些行会组织，本身又成为城市自治的"器官"，既是城市内部的决策者，也是主导城市外交政策的力量。

故而，这些行会内部的主宰者，成为汉萨同盟真正的中流砥柱。

中北欧的绝大多数商贸城市必须依靠陆地商路，只得通过与当地领主签署"合同"来获得安全保障，在中世纪，这个"合同"的正式名称叫"宪章"。

宪章一词来自古希腊语单词，最早的意思是一层莎草纸。在中国发明的纸传播到西方之前，莎草纸是西方人记录重要文献的一般载体。

在欧洲人的意识中，"宪章"一开始就是一份"合同"。

1127年一份伯爵授予圣奥默尔城公民的权利宪章中，可以看到这样意识超前的内容：

[1] 首先，我将向每个人展示和平，并且像对待其他人一样，以善意保护和捍卫他们。我同意由我的法警给予所有人正义，我希望他们也给予我正义。

…………

[9] 凡居住在圣奥默尔城墙内的人，或将来居住在圣奥默尔城墙内的人，我都免除了卡瓦古瓦税，即免收人头税，他们也不会因此被诉讼。

…………

我每年应从圣奥默尔这里得到三十镑黄金，而无论在此之外我还应得到什么，我确保他们受损的财产可以得到恢复他们的行会可以得到保护。市民将看到，我此生中所铸造之钱币良好且稳定，因此这个城镇可以繁荣昌盛。

…………

[25] 以下人承诺，他们所有人都应遵守这一协定，并且宣誓保守承诺。

这些内容透露出的,其实就是暴力精英和商贸精英之间的一个交易。

文件里的佛兰德斯伯爵威廉保证自己的法警"给予所有人正义",意思就是他的暴力机构成员不会破坏圣奥默尔城的规矩。伯爵也保证对城内居民免税,保证铸币的币值稳定,保证城内居民借出去的钱可以追回来。

伯爵这一切承诺,所换来的是每年30磅黄金的岁入。仅此而已。

说白了,对于中世纪的人来说,司法正义、程序正义、财产权,这些政治权利首先都是一笔交易。他们认为,如果你的政治权利有价值,那一定意味着它可以交易。如果你都不肯为你的权利花钱,又凭什么要别人相信你的权利很重要呢?

天底下没有免费的午餐,这些保障权利的机构之所以产生,根本原因还是有人愿意为它们花钱。

谁来为它们花钱呢?商人。

最初,是商人希望自己走到一个异国他乡的城邦,也可以得到与在自己家乡同等的公正对待。圣奥默尔城用每年30磅黄金为代价,要求佛兰德斯伯爵保障:佛兰德斯伯爵的法警要守规矩,也就是一视同仁地对待市民;圣奥默尔城居民借出去的钱在其他城市也可以安全地被追缴回来,只要这个城市是在佛兰德斯伯爵管辖下;圣奥默尔城居民走到哪里都不会再被收人头税,只要这个地方是受佛兰德斯伯爵统治的……这些都是商人在外做生意时要求的平等对待条款,他们之所以宁可花钱买别人的这种对待,是因为这些对待可以使他们平安地开展生意,因而可以赚到更多的钱。

"权利"最初是商人"买"出来的。商人"买"权利的最初动机，是赚更多的钱。商人是趋利的，两相权衡只要能赚钱，他们就会答应"这桩买卖"。

不是每一个商人都会沿着这样的"买卖思路"下单。汉萨同盟就是一个例外，虽然同样以"宪章"的名义，但汉萨同盟的宪章跟圣奥默尔城市宪章是不一样的。

签署圣奥默尔宪章的一方是伯爵领领主，另一方则是圣奥默尔这个商贸城市；签署汉萨同盟宪章的各方，都是商贸城市。用今天的思维看问题，比起合同，汉萨同盟的宪章更像一个"用户协议"，哪个城市通过了这份宪章，就意味着它同意按照宪章中规定的内容，保护所有签署了宪章的城市的市民在它的治下开展商业活动。

汉萨同盟的这份用户协议，其原型是吕贝克所推行的"吕贝克法"。汉萨同盟的宪章与普通城市宪章的最大区别，在于它关注加入同盟的城市的政体问题。比如，吕贝克法规定，一个城市应该由一个市议会来管理，这个市议会应该有至少二十名议会成员。

这些人不是由市民选举产生的，而是由城市商人行会自行任命的，任期两年，允许连任。市议会选举四个市长，其中最年长的一个担任"第一市长"，也就是最高行政长官。但是，其他市长能够对他进行一定的制衡。市长任期几乎是没有限制的，但有可能因为政治失职而被追责，甚至被处以死刑。

同时，如果一个家族有一个成员已经当选为市议会成员，那么这个家族通常不能有第二个市议会成员。这样做是为了避免家族利益控制城市利益。

到了汉萨同盟时期，吕贝克法其实还有一个原则上的要求，就是所有加入汉萨同盟的城市都应该以此为蓝本，制定自身的宪章与政体。

那么，吕贝克为什么要实施这个政体限制呢？答案是，为了便利商贸城市之间的谈判。

设想，如果一个城市是由一个国王管理，或者是由某个家族把持——就像佛罗伦萨那样，这个国王或家族就很有可能动用种种手段，利用自己的集权优势，破坏吕贝克宪章中的"基础性利商制度"。

所以，为了避免麻烦，吕贝克法干脆规定，不要跟这种城市打交道。

随着"吕贝克法"在汉萨同盟内的推行，这一政体资格限制，后来成为汉萨同盟普遍承认的基本原则。也正是有了这个资格性的政体认证，"吕贝克法"才有条件从传统意义上"一对一"的城市宪章，变成"一对多"的共同宪章。

谁想加入汉萨同盟，就要按照吕贝克法相应地修改自己城市的宪章与政体，然后宣布给予所有汉萨同盟城市的市民以权利，如同吕贝克法给予他们的权利，那么所有汉萨同盟城市也会按照对等原则，给予这个城市市民相应的权利。之后，这个城市就可以被视为汉萨同盟城市的一员，派人参加每年定期举行的吕贝克大会了。

此法是吕贝克在1226年成为自治城市后使用的具有宪法性质的法律，取代了查理曼大帝建立的古代国家君主统治准则和地方诸侯统治准则。《吕贝克法》规定，一个城市要由一个20名以上议员组成的议会管理。议员不是来源于市民选举，而是来源于城市商业行会的推荐。考虑到这些议员的关键作用，原则上每一届议会政府的任期为两年，但议会政府可以要求议员们留后，实际上议员们的职位可能是终身的。议会选出4名市长分别掌握政府的权力。头名的市长通常是他们当中年纪最大的，起领导的作用。市长们会尽可能地保持连任，但在汉萨同盟的许多城市中，都出现过市长因为政治上的过失被处死刑的事情。这种城市自治的模式决定了只有经验丰富、有影响力的成功商人和小部分律师能成为议员。另外，《吕贝克法》规定，父子或兄弟不能同时成为议员，这使一些有影响力的家族无法长期影响自治城市的政治。吕贝克向波罗的海沿岸城市推广它的政府形式，最终约有100个城市接受了这种政府在法律的框架内行使权力的模式，同时《吕贝克法》也成为德国许多城市法例的基础。

词条　吕贝克法

吕贝克立下的"规"与"矩"

上述故事似乎不难理解，但没有金融知识背景的我，在解读这个故事时，仍旧感到有些吃力。要弄清彼此之间的逻辑关系，要立足于时代的背景追溯当时的思维逻辑，要理解东西方文化以及历史上不同的社会关系等，并不容易。

这些彼此关联的故事，让我了解到吕贝克这座今天看起来毫不起眼的小镇，在千年前于德国于西方世界的重要意义，也让我了解到西方经济社会能够发展到今天的逻辑链条。正如张笑宇先生所总结的那样：

宪章所代表的政治制度看起来就像是某种新发明或者新技术，一旦证明它对促进生产力有很大帮助，就会有很多人学习并扩散它。而且，制度相比技术还有一个好处：如果没有对知识产权的保护，技术发明者就不会再有动力。但是，实施了先进的制度，对发明者和扩散者来说都能带来利益。

正是因为这类规则在实践中得到了检验，大家都认为它们是有效的，都认可它们，所以才造就了汉萨同盟的另一项奇迹：穿透国家的壁垒。

就像前面在汉萨同盟对抗丹麦瓦尔德玛四世的例子中所讲的那样，在后来的战争中，丹麦贵族也站在了汉萨同盟一边。这是因为，贵族们认识到，与瓦尔德玛四世的侵略政策不同，汉萨的规则的确更有益于商业发展，因而能够给当地带来和平与繁荣。

事实上，在战争结束后，维斯比也依然留在了丹麦王国的境内。汉萨城市并不是不能表达对国王的忠诚，它要求的是正当的权利。

最辉煌的年代，汉萨同盟有195个会员，分布在16个国家。这些"会员城市"既是这个国家的一分子，也是汉萨同盟的一分子。雪球越滚越大，单一的安全契约变成了互相之间的"社会契约"，大家要"众筹出钱"，凑够大量资金打造或聘请足以与国家匹敌的暴力组织，比如条顿骑士团。

制定能让大多数人获利的规则、用"去中心化"的方式在实践中检验，这就是汉萨同盟能够取得胜利的根本原因。

这，或许是西方最早契约社会的雏形。

甚为巧合的是，宋代的交子也产生于这一个时代区间，甚至更早，其结果却是南辕北辙。不得不承认的是，原因是多方面的，一本书或许都无法讲清楚。我以为，最根本的一点，就是西方人的"窄门思维"。他们坚信"人是靠不住的"，然后用很多条条框框来约束"人"的行为，这就倒逼出了一个"契约"。契约面前人人平等，没有例外，你就是天王老子也得遵守——也就是说，一旦契约产生，都得无条件服从，如果要修改，双方再坐下来商议。

西方人最初的契约，是人与上帝签署的（《圣经》里有具体的记载，不再赘述），所以契约是神圣的，不容侵犯的。

契约精神在汉萨同盟这个长达四五百年的组织里，体现得最为充分。

在汉萨同盟出现之前，德意志地区曾经存在过两个自由市同盟——莱茵同盟和士瓦本同盟。莱茵河流域的城市和士瓦本地区的城市，通过结盟的方式来防卫地方贵族对商队的掠夺和强盗的抢劫，成员城市间相互放弃征收水路和陆路的通行税，并通过协调的方式解决彼此争端。

我的粗浅理解，这就是"中世纪的欧盟"——维持海洋经济秩序的联合国。很长一段时间以来，世界都处于野蛮的丛林法则之下，没有通行的规则。

试想一下，你来自中国，我来自波斯，我们在印度古吉拉亚特邦的市场上相遇，那么，当我们的买卖出现纠纷时，我们到底该承认中国的规矩、波斯的规矩，还是印度的规矩呢？

为了在跨国贸易中避免这样的纠纷，经过千百年的实践，商人想出的办法，就是诉诸第三方的中立机构。

整个人类历史上，大规模的商业仲裁诉求，是从汉萨商人的实践中诞生的。汉萨商人往往来自几十个不同的商贸城市，而且各个城市都实行类似的法律，所以要找一个第三方中立机构（汉萨同盟）就比较容易。

妥协是发展最好的办法，只有在坚持同一个契约的前提下不断妥协，才可能寻求到发展的良机。

这正是汉萨同盟的一大优点，因为它并不代表任何一个国家，也不代表任何一个城市。汉萨同盟的仲裁经验，先是以国际法和海洋法的形式保存下来，而后融入各国的相应法典之中。这些法典虽然名义上叫"海洋法"，实质上却是商业保护法。

汉萨同盟的商业仲裁机构一向以公正闻名。条顿骑士团历史上有个著名的老团长叫康拉德·冯·荣金根，他统治的年代是条顿骑士团最鼎盛的时期。在他统治下，当时的但泽海洋法庭因其公正的审判而享誉欧洲，以至于半个波罗的海的商人都愿意到这个法庭来打官司。

汉萨同盟的遗泽至今仍在发挥影响力。今天全世界第二大商业仲裁机构是斯德哥尔摩商业仲裁庭，它之所以久负盛名，就是因为一直保存着自汉萨同盟以来的仲裁案例，专业人员也因此积累了丰富的经验。

试想，从遥远的东方向伦敦运送香料，不知要经历多少风浪、遭遇多少海盗、罹患多少疾病、克服多少官员的盘剥与奸商的欺诈，才能成功。如果获取香料的过程不是这样艰难，香料的价格也不会那样高昂。但是，除了那些人力不可及的因素，比如风浪、海啸或疾病，人类总可以通过一定的努力减少那些人为造成的阻碍，比如被领主突然抬高的关税，被不公正的法庭胡乱判决的案件，等等。

人类终究是要通过建立一定的制度来降低这些风险，从而更好地保障获取利润。

空中交通、陆路运输不发达的低效率时代，水上交通便成为最大的赢家。黄金水道、深水良港……都是富裕的代名词。地处波罗的海，又是天然良港，"汉萨同盟"成立之后的吕贝克，占尽天时地利人和，吕贝克注定会成为物质流、资金流的聚集之地。

这种聚集效应的一个重要标志，就是这里的教堂打上了财富等级的烙印。比如专供海员祈祷的海员教堂（雅克博教堂），有点像沿海一带的妈祖庙,海员在大海上时刻存在危险,以此作为祈福的心灵所。还有专供富豪们做礼拜的教堂,全高的门只供有身份的人进出,仆人只能走旁边半高的门,可谓等级森严。

方圆两平方公里的吕贝克老城有上百座各式各样的教堂,老城区仅两万多人,差不多每100人就有一座教堂。陈女士告诉我,现在保留下来的教堂不到一半。究其原因,主要还是维修费用过高,养不起。当地的工薪阶层要缴纳一种"教税",政府收起来后,专门分发给各教堂用于日常开支,但大的维修还得教堂自身解决。一些教堂通过周末办音乐会等各种方式来集资,但对于教堂修复所需的庞大资金而言,却也是杯水车薪。作为哥特式教堂之母,圣玛丽教堂也概莫能外,一直在维修,似乎永远都取不了脚手架。

即使每位游客参观要收两欧元的门票费,圣玛丽教堂到现在也只修复了三分之二。

我们走进圣灵养老院时也是如此,这座当年的海员教堂,虽然早已不再举行宗教仪式,但透过其间的布局和装饰,仍可看见当年的辉煌。

遍及大街小巷的红墙民居也十分特别,那些整齐的旧式房屋,都标有"1477""1478"等建筑年份的标识。原来,600多年前这些房屋全是仓库,"汉萨同盟"解散后,仓库也渐渐闲置。为了不影响城市风貌,那些仓库都改装成了民宅。房子都朝向大街或河道的正面,几乎全是三角形的大屋顶、正方形门面,三角形中间是几扇窗户,正好方便从楼上仓库卸货。改为民宅后,门洞变身为漂亮的窗台。

果真是化腐朽为神奇,吕贝克有了这些不可或缺的景致,变得更加有味道了。

这样一方宝地，没有理由不滋养出令人艳羡的人文来。1987年，吕贝克整个老城被联合国列入世界文化遗产名录，也就不足为奇。

对此，世界遗产委员会是这样评价的：

> 建立于12世纪，作为汉萨同盟的前首都，直到16世纪才成为北欧的重要商业中心。到今天它仍是海上商贸中心，尤其在北欧国家之间。除去二战中所受的损毁，这座老城结构的大部分是由15世纪到16世纪的贵族居所、一些古迹、教堂和盐场组成，它们至今仍保持完好无缺。

自然与文化的双重魅力，造就了吕贝克。

很不幸的是，汉萨同盟最终还是衰落了。专家分析，最根本的原因，还是社会文明进步了，人们踩在汉萨同盟的肩上前进一步之后，这个组织就有可能被取代。比如，前面所说的"商贸精英"和"暴力精英"两大元素融在一起的现代国家——英国出现了，加之新航路的开辟，升级换代是很正常的现象。

16世纪伊丽莎白治下的英国，是一个"全新的物种"，经历了国内改革后，又建立起东印度公司。后来，汉萨商人一直以来倚仗的条顿骑士团逐渐衰落，他们的海军早就无法与经历了大航海洗礼的英国战舰相匹敌。

当江湖的规则悄然发生变化，如果不及时适应新的规则，汉萨同盟就只能退出江湖了。

1669年，历史上最后一次汉萨同盟大会在吕贝克召开，会议结束后,许多城市宣布脱离汉萨同盟,最后只剩下吕贝克、汉堡和不来梅三座城市,但它们依然把"汉萨自由市"的头衔保留在城市的正式名称里。

20世纪,吕贝克的"汉萨自由市"头衔被希特勒剥夺,今天只有汉堡和不来梅还依然保留着这个称谓。

汉萨同盟虽然已经消逝,但它给当今世界留下了一笔宝贵财富,那就是国际商贸仲裁。

中世纪时期天主教军事组织，著名的三大骑士团之一。其历史可以追溯到 11 世纪末。当时，一些德意志骑士为了追求宗教荣誉和冒险，开始在圣地医院骑士团的属地聚集。随着时间的推移，这些骑士逐渐形成了一个独特的团体，即条顿骑士团。13 世纪初，条顿骑士团得到了神圣罗马皇帝的支持，并开始在东欧地区活动。他们主要负责保护朝圣者和传教士，并抵御异教徒的入侵。在这个过程中，条顿骑士团逐渐发展成为一支强大的军事力量，随之与波兰和立陶宛等国建立了联盟，共同抵御外敌。随着时间的推移，条顿骑士团逐渐与波兰和立陶宛等国产生了矛盾。最终，在 15 世纪初，条顿骑士团被波兰和立陶宛等国联合击败，其领土被瓜分。尽管如此，条顿骑士团在中世纪时期留下了深刻的印记，特别是军事活动和传教活动对欧洲历史产生了深远的影响。

词条　条顿骑士团

一枚中世纪的勋章

11世纪初，正是中国美好的大宋时代。

历史典籍记载，宋朝时期就已经存在海上贸易制度。与宋朝通商的国家数不胜数，而宋朝通商队伍的脚印更是遍布了东南亚以及中亚等地，也正是因为如此庞大的商业贸易网，由中国出品的瓷器丝绸茶叶等货物，也流到了其他国家。为宋朝带来经济收益的同时，也使得中国文化走出了国门。

当时的历史背景之下，许多外国商人为了能够和中国进行贸易，干脆以一种委曲求全的方式，迎合宋朝的政治经济所需，从而与宋朝构建友好关系，获得更多的利益。

我们甚至可以说，宋代的中国，算得上是一个真正的海上强国。宋代最初指定广州、明州（今浙江宁波市）和杭州三处为对外通商港口，阿拉伯商人很快云集在这三个地区，为宋朝带来了巨额外汇收入。据记载，当时仅广州一个港口的收入额，就占到北宋全部关税收入的90%。而且，从五代一直到宋朝，中央政府都曾实施过垄断贸易，也就是官方向阿拉伯商人买下货物后，再以专卖形式售予民间，以获得高额利差。北宋中央政府从专卖中获取的收入，大概占到每年财政总收入的5%，可见贸易的规模与利润有多么巨大。

既然中央政府能够从贸易垄断中得到如此大的利益，那么朝廷自然而然要给予外邦商人优渥的"超国民待遇"。为了招揽海外商人来华贸易，张笑宇在其专著《商贸与文明》中分析，北宋政府主要采取了以下五种措施：

赏赐贵重礼物。主动"招商引资"，用外交礼遇和赏赐宝物的办法，吸引"蕃商"来华贸易。据《粤海关志》载，宋太宗雍熙四年（987）皇帝派遣内侍八人，携带敕书金帛，分四批前往南洋诸藩国，采购香料、犀角、珍珠和龙涎香等珍稀商品。这里所谓的"采购"，其实是赏赐。当时的宋室需要用这种超级礼遇，吸引商人来华，足见朝廷有多么需要外贸收入。

授予蕃商官职。北宋设有"市舶司"这个机构，"市舶"是商船的意思，市舶司就是管理海外贸易往来的机关。北宋政府有明文规定，凡来华从事外贸，令朝廷抽税分成达五万贯或十万贯以上的，可以赏赐官职，而且是"提举市舶"这类实职身份，类似地方商务局副局长或海关办事处处长，在当时是绝对有利可图的肥缺。

官方举办招待活动。北宋惯例，每年十月，通商口岸的地方官员举办大型酒会，犒赏慰问各位来华外商，连他们的船员也允许列席。

变相授予治外法权。阿拉伯人以《古兰经》为至高经典，一切法律制度，都要从经文中衍生出来，整个社会实施伊斯兰教法，这与中国的法律有很大不同。为了让在华外商生活便宜，从唐代开始，中国政府确立的基本原则是，若在中国土地上发生纠纷的双方均为阿拉伯人，则听其习俗，按照伊斯兰律法加以处置。如果发生纠纷的一方为阿拉伯人，另一方为中国人，在案情不大的前提下亦按照伊斯兰律法加以处置。这一原则基本为宋代继承下来，尽管遭受到许多主张"夷夏大防"学者的诘难，却没有过太大变更。

允许阿拉伯商人社区自治。北宋政府对待阿拉伯商人的态度，与唐王朝对待粟特商人聚落的态度基本相同。当时阿拉伯商人聚居的社区叫"蕃坊"，社区内部自行选举出来的领袖叫"蕃长"。蕃坊内部出现问题，北宋政府就找蕃长来责问解决，基本不过问具体的内部事务细节。

可以说，用今天的眼光来看，北宋时的开放程度，已经足够"现代化"与"国际化"了。据说，在这样优厚条件的刺激下，来华的阿拉伯商人有很多。有不少人定居在各大港口，他们优渥的生活和集聚的庞大势力，给当时的中国人留下了深刻的印象。

由于贸易的繁荣，宋代的铜钱还履行"世界货币"的职能，这同样是前所未有的。

货币要得到大家的认可，最根本的是要能买到商品。作为技术先进的生产国，北宋以丝绸、瓷器为代表的大量商品在全世界都是硬通货。

随着商业的发展，尤其是海上贸易路线的繁荣，北宋铜钱几乎成了世界货币。

与汉萨同盟类似，大宋也与自己周边国家建立起了贸易往来。不仅辽国、西夏很少自行铸造钱币，均用宋钱，日本、高丽、南洋各国甚至在更远的阿拉伯和非洲，北宋铜钱也大量流通。

古代的技术条件下，北宋的铜产量是无论如何也满足不了全世界的货币需求的。

宋朝统治者同样认识到了国际贸易的巨大利润，赵构就曾经说过："市舶之利最厚，若措置合宜，所得动以百万计。"因此，宋代官方一直积极推动国际贸易的发展。史志记载，在东南的国际贸易中，"四夷皆仰中国之铜币"，"以高大广深之船，一船可载数万贯文而去"。甚至于，不仅在东南，西北地区也有"内属戎人，多赍货帛于秦、阶州易铜钱出塞"的现象。正是由于跨国贸易的空前繁荣，宋代的货币不仅仅是自用，而是成了整个东亚甚至印度洋上的国际货币。

在高丽、日本、交趾甚至敌对的西夏与辽国，宋钱都充当着主要货币，在印度南部沿海和阿拉伯地区，宋钱也承担着辅币的功能。在日本出土的大量中国钱币中，有七到八成是宋钱。

其实，从地理位置上讲，中国也不缺吕贝克这样的小城。与欧洲中世纪同时期的宋代，泉州和广州的商业活动很发达，但官府是朝廷的机构。威尼斯是地中海最强大的商贸城邦，它的法庭是共和国的公权力机构。同处一个时代，面临不同海域，思维方式和行为方式是南辕北辙的。

透过小巷深处长长的倩影，我仿佛看到了雪白的大宋的影子。

大宋的雪纷纷洒洒，落在大宋的版图上，落在汴河的桥上，落在冻滞的酒幌上，落在东京鳞次栉比的瓦片上，落在宫殿的飞檐上。那匹驮着麦子走过熙熙攘攘长街的骡子，也驮着一身白雪和一团移动的热气。街角卖烧饼的大伞旁，一对久违的老友已经聊了很久的家常，雪落满了他们的双肩。

从大宋的雪身上，我看到了宿命。寒冷成了大宋宿命的主题词。

从古代的思绪中走出来，我又回到了中世纪的市政府广场，然后抽身出来，拐进一条老街，在这里，我偶遇这样一幕温馨的画面：红砖建筑，绿草坪前，太阳底下，8个几岁大的小孩坐在草坪上，旁边支起一口锅，锅里是燃烧的柴禾，一位身着中世纪服饰打着绑腿的男子，正用钳子夹着一小块金属在火焰上烧着，他旁边有一个很小的容器。一会儿过后，那块小金属软了，就放进小容器里，接着再烧，直到那金属彻底熔化，水银一般在容器里，再冷却，一枚中世纪的勋章就这样制作而成。

原来，那金属容器是一个勋章模型。太阳底下有些炎热，但小孩子们看得津津有味，在老师招呼下，有两位小孩上前亲自操作，十分认真。我们这些游客站在一旁，也没有影响他们上课。

老师讲得认真，孩子们听得专心，小草坪上的书包和课本散在一边。

我当然听不懂老师讲的什么，从他的表情和手势，我想他正在讲述中世纪的吕贝克，讲三个诺贝尔奖得主，讲那些教堂为何体弱多病……因为这些都与他要讲的主题——勋章有关。

孩子是吕贝克的未来，吕贝克是孩子们的保姆。而勋章，是他们永恒的主题。

广州、杭州、明州等港口是宋朝主要的海上贸易中心。其中，广州是南方最大的商业城市，同时也是中国通往东南亚、印度、阿拉伯等地的重要门户。杭州，作为江南最为富庶的城市，是京杭大运河的终点。明州，作为东南沿海最繁华的港口，是通往日本、高丽等地的主要起点。北宋时期，与宋朝存在海上贸易关系的国家和地区有三佛齐、婆罗门、真腊、占城、暹罗、大食、高丽和日本等。宋朝向他们出口丝绸、茶叶、瓷器、纸张、火药、指南针等产品。南宋时期，这一范围拓展至蓝里、故临、马六甲、印度、东非等地。广州仍为南方商埠重镇，泉州则是东南沿海繁华港口之一，福州和明州也有显著发展。《梦溪笔谈》载，自宋初以来，人们已经开始使用指南针导航。针法有四种：一是指甲法，二是碗唇法，三是缕悬法，四是水浮法。

词条　宋朝海上贸易

第15章 白银时代震荡波

银行后花园的秘密

英国。伦敦。针线街。巴赛洛缪巷。皇家交易所北侧。

一幢雄伟而古典的庞大建筑兀自矗立,一眼望过去,非同凡响。没错,它就是鼎鼎大名的英国金融之心——英格兰银行。在伦敦这座各类建筑美不胜收的世界名城里,它已成为世界各路游客来伦敦游览时必去的旅游景点。

当初设计时,约翰·索恩特地用"罗马复兴式"来定义英格兰银行大厦的风格,并通过铸铁和玻璃两大要素来完美体现这种风格,又用多种天窗和新式样的采光亭来诠释。最为精妙绝伦的还在于内部的空间构成,室内一改传统的外墙窗采光,顶部穹顶的垂拱完全承担起采光任务,还用16个少女雕像,托起旧利息大厅的天窗,力争让每一个来存钱的或是取钱的客户,都有一种轻松愉悦之感。那些高耸的穹顶与一般建筑相较,更为轻快简洁,柱间距相当宽,穹顶内表面装饰十分简约,看似早期现代主义建筑时代的风格,但换一个角度回头再品味,又可欣赏到古罗马时代神庙般的精致,特别是罗马科林斯式壁柱的外墙,新古典主义建筑的韵味十足。

用"伟大"二字来形容17世纪的英格兰银行大厦，也不为过。

有着300多年历史的英格兰银行号称是全球银行的鼻祖，是现代金融业无可争议的开拓者。

不用质疑，英格兰银行大楼本身，就是一座历史悠久的古建筑。

有意思有是，这幢建筑物里，真的有一座银行博物馆。博物馆里，陈列着各种不同版本的英镑钞票、银币和罗马时期的货币。展厅里还有一个透明的柜子，来此参观的游人可以把手伸进去，看能不能一手托起13公斤重价值15万多英镑的大金砖。这样的行为艺术，吸引了大批南来北往的人，人们排着队不仅想一睹这世间难得一见的大金砖，还想亲手掂量一下这"泼天富贵"的分量。

我对这"泼天富贵"兴趣不大，一直想着一睹两棵老树的风采。英格兰银行最为中心的天井里，种着两棵虬劲的陈年古树，一棵是中国桑树，另一棵也是中国桑树。

桑树生长缓慢，树根较浅。花园下面是英格兰银行的金库。或许你会莫名其妙，这淌金流银之地，种两棵中国桑树干吗？

守候在英格兰银行中央天井的老行长默文·金，会向你这样介绍这两件陈年古物的秘密："我们种桑树，是为了纪念中国的一项伟大的天才发明，它改变了2000年以来的世界金融史。"

没错，这两株古树来自大洋另一端的中国——于英国人而言，那是一个遥远的东方文明古国。如果你还不太明白，默文·金还会进一步向你阐释：

这是为了纪念世界最早的纸币。我们知道世界最早的纸币来自中国，宋朝的中国人用桑树皮和叶子，制作了世界上第一种纸币，它的名字叫交子。比欧洲纸币的出现早了几百年。

我认为，这两棵桑树也应该是英格兰银行博物馆的一部分。博物馆的设计者是有意要将博物馆的陈列物泄露，在一楼的后花园将人们的视野向外延伸，以此向遥远的东方致敬。

中国第一张纸币交子诞生500多年之后，丝绸之路的另一端，1661年，欧洲的第一张纸币在瑞典的斯德哥尔摩银行面世。

这个令中国人骄傲的金融创举，成了现代纸质货币的雏形。

英国伦敦金融城后花园，用两棵中国桑树守望着一个千年金融秘史——一个文明古国的两棵桑树，以另一种方式成为博物馆的镇馆之宝。

继往开来的英格兰银行，真的很用心。在英国人眼里，来自中国成都的交子改写了世界金融史。因为他们了解到，印刷交子的纸是用养蚕的桑树的皮和叶子制成。为此，专门种下这两棵桑树，表达他们对发明世界最早纸币的中国人的敬意。

以这样的方式牢记，也不由让人感慨。可英国人不知道的是，他们种下桑树，其实是一个美丽的错误。他们看到的纸币，是元朝的"中统元宝交钞"。13世纪，从欧洲来到中国旅行的意大利商人马可·波罗发现，元朝商民所使用的货币并不是欧洲人熟悉的金银，而是一种神奇的纸币：

既用上述之法制造此种纸币以后，用之以作一切给付。凡州郡国土及君主所辖之地莫不通行。臣民位置虽高，不敢拒绝使用，盖拒用者罪至死也。兹敢为君等言者，各人皆乐用此币，盖大汗国中商人所至之处，用此纸币以给费用，以购商物，以取其售物之售价，竟与纯金无别。其量甚轻，致使值十金钱者，其重不逾金钱一枚。(《马可·波罗游记》)

马可·波罗眼里，这种纸币大量铸造后，便流通于大汗（元朝皇帝）所属领域的各个地方。没有人敢冒生命的危险拒绝支付使用。他的所有臣民，都毫不犹豫地接受采用这种纸币，因为无论他们到任何地方营业，都可用它购买他们所需的商品，如珍珠、宝石、金银等等。总之，用这种纸币，可以交换任何物品。

对于纸币，马可·波罗从其制造到使用都有详尽的描述：

在此汗八里城中，有大汗之造币局，观其制设，得谓大汗专有方士之点金术，缘其制造如下所言之一种货币也。此币用树皮作之，树即蚕食其叶作丝之桑树。此树甚众，诸地皆满。人取树干及外面粗皮间之白细皮，旋以此薄如纸之皮制成黑色，纸既造成，裁为下式。

此薄树皮用水浸之，然后捣之成泥，制以为纸，与棉纸无异，惟其色纯黑。君主造纸既成，裁作长方形，其式大小不等。(《马可·波罗游记》)

马可·波罗大概觉得有点不可思议，将纸币形容为"大汗专有方士之点金术"。而马可·波罗看到的交钞，是由麻桑纸印制的。这时，离宋代交子已经过去了300多年。

宋诗"黄金弃卖如土贱，楮币翔踊余贯缗"，描述的便是宋朝纸币的流通情景。因为世界最早的纸币交子，其印刷专用纸不是由桑树叶和桑树皮制造的，而是以楮树皮为主要原料制造的，因此被称为楮纸。这种楮纸洁白、吸墨、耐折，最适合印制交子。因此，交子又称为楮币。关于楮树、楮纸与楮币，在第5章已经有过详细的介绍。本章试图从英格兰银行入手，来说说现代金融在世界范围内诞生后的子丑寅卯。

英格兰银行在英国历史，尤其是英国17世纪以后的经济史上的地位，堪称举足轻重。

创建于1694年的英格兰银行，是玛丽统治时期，苏格兰人帕特森为支持奥兰治的威廉对抗法国路易十四的战争，募集资金而成立的。17世纪末期以后，几乎所有重大事件背后都有英格兰银行的影子。英国经济金融的发展、英国工业革命、英国的殖民扩张、英国成为日不落帝国，英格兰银行都是极其重要的助推器。

成立之初的英格兰银行名为英格兰银行总裁公司，是一家拥有1520个股东的私人性质的股份制银行，成立时的筹集资金120万英镑。这笔钱在今天看来算不上什么，但在17世纪可是一笔天文数字，要知道，这个时候伦敦城一年的财政收入也只有12万英镑，而1636年成立哈佛大学时，也只花了700多英镑。你会觉得不可思议吧？我们知道，哈佛大学由麻萨诸塞湾殖民地大法院和普通法院建立时，拨款只有400英镑，两年后，捐赠700英镑的牧师约翰·哈佛获得了冠名权，直到今天。

这说明，那时的英镑稀缺且金贵。当时，陷于战争旋涡中的英国政府也缺钱。很会做生意的英格兰银行，以年利息8%借款给英国政府，并凭借雄厚的实力，顺利拿下了英格兰的货币发行权。

无形之中，英国政府成了英格兰银行的大股东，也为它日后成为银行的银行——中央银行奠定了基础。

17世纪后半叶的英国政局并不平顺,王室甚至岌岌可危,查理一世上了断头台,国王几立几废,在君主和共和之间摇摆不定,对内有内战,对外则与西班牙、荷兰、法国都有交战。内外交困之际,为了保持政府运转,国王多次向民众强制借款。比较典型的事例有:英王詹姆斯一世1617年强迫借款96466英镑,直到1628年都没有还清;1640年英王查理一世因为财政枯竭而不许铸币厂对外支付,强制借走金匠商人在铸币厂的存款……类似事件使得英王信誉扫地。

这个时候,无论是英国王室还是英国政府,其信用都不高。

一切都因"光荣革命"而改变。

1688年,英国资产阶级和新贵族发动了推翻詹姆斯二世的统治、防止天主教复辟的非暴力政变。这场革命最终没有发生流血冲突,历史学家把它称为"光荣革命"。

光荣革命最大的收获,是催生了英国君主立宪制政体。

1689年,英国议会通过了限制王权的《权利法案》。国家权力由君主逐渐转移到议会。有了这样一部法律,意味着国王不能再像以前一样,可以任意撕毁订下的契约。而代表了英国贵族和商人利益的议会,其性质就决定了其必须保护债权人的利益。

国王的权力被关进了法律的笼子里,债权-债务关系的良性运转得到维护。

"信贷"是银行存在的立身之本。光荣革命无心插柳柳成荫的意外结局,从根本上保障了英格兰银行的建立。

光荣革命前,英国财政税收实行包税制,英王将某项税收抵押出去,由债权人承担税收过程中的一切风险,这也是中世纪欧洲普遍流行的征税方式，这种税收方式实际上是英国政府间接管理税收。英国议会、英国国王，还有英国的包税商，围绕英国税收征税方式与征税权进行了长期、反复的斗争。

光荣革命后，政治局面趋于稳定，英国进行了税收体制的完善和征税权的转移。国王被剥夺了征税权力，《权力法案》规定：

> 凡未经议会准许，借口国王特权，为国王而征收，或供国王使用而征收金钱，超出议会准许之时限或方式者，皆为非法。

议会取得了征税权，派政府官员去直接征收税收，对税收直接管理，收归国库，加强了政府对税收的控制，实现了税政机构的官僚化。仅土地税一项，1692年就有200万镑。除此之外，英国政府还增加了一些税，如盐、酒等消费税。

政府财政收入的增加，提高了政府的公信力，也为政府大规模借贷提供了坚实的基础。

英国政府在财政管理方面，也想出许多办法来限制王室对英国财政的介入，以及加强对英国王室借款的控制，有效避免王室成员挥霍无度，将债务转嫁给英国政府之类事情的发生。

议会设有专门的机构，对王室支出进行专门审查，国王不能随意挪用税收、王室借款时必须通过议会授权、取消强制借款等，这些举措都属于英国财政体系变革的一部分，也使得英国的财政体系更加符合议会所代表的新兴资产阶级，以及土地贵族的利益。

通过税收制度的改革和财政体系的变革，英国建立起了良好的债务人形象。

英国的中央银行。其主要职责是：发行货币；管理国债；同财政部和财政大臣协作，执行货币政策；对贴现行进行票据再贴现；代理财政金库；通过国际货币基金组织、世界银行及国际清算银行等机构办理同其他国家有关货币方面的事项；代理政府保管黄金外汇储备等。具有典型中央银行"发行的银行、银行的银行、政府的银行"的特点。领导机构是理事会，由总裁、副总裁及16名理事组成，是最高决策机构，成员由政府推荐，英王任命，至少每周开会一次。银行总行设于伦敦，职能机构分政策和市场、金融结构和监督、业务和服务三个部分，设15个局（部）。同时英格兰银行还在伯明翰、布里斯托、利兹、利物浦、曼彻斯特、南安普顿、纽卡斯尔及伦敦法院区设有8个分行。英格兰银行是伦敦城区最重要的机构和建筑物之一。游客在英格兰银行的博物馆中可以领略其发展过程。

词条　**英格兰银行**

金匠银行家的困局

英格兰银行的成立,某种程度上说,是商人与银行家的胜利,是新型资产阶级和新贵族在经济领域的胜利。

1694年,威廉三世任用辉格党上台组成内阁,而辉格党的主要构成则是乡绅、银行家、商人等新兴资产阶级,他们既是当时英国的新兴力量,也是当时英国经济的主力军。

在英格兰银行建立之前,英国银行业的发展主要是靠英国的金匠商人,即从事金银器皿、珠宝首饰制作贩卖活动的商人。他们利用自己从事行业的特殊性,替人保管金银,收取一定金额的保管费。后来金匠商人的手中有了大量的资金,他们开始从事放款借贷业务,并且也支付给存款户利息。

久而久之,那一批最早的金匠商人,逐渐发展成金匠银行家。

尽管如此,当时英国的银行业还是处于一种很落后的状态,甚至没有一个有序的金融体系。《利率史》曾说,英国的金融业"没有货币市场,没有实质性的银行,没有组织有序的国家债务"。

有专家甚至断言,英格兰银行的成立,相当一部分是为了对付国内的金匠商人。金匠商人借贷的利息过高,还经常会在民众手中钱币的重量与成色上投机取巧,从中获利,使得民众普遍心生不满，而且他们对王室贷款的利息也很高昂，尤其是战时，有些贷款利息已经高达惊人的30%。利息高得离谱，以至于1672年查理二世竟停止支付金匠商人的借款——这就是英国历史上有名的"停兑事件"。这一不得已之举，导致两败俱伤，许多金匠商人破产，王室的公信力也大大降低。

与之相比，荷兰的金融市场就成熟得多，他们的利息大体在3%~4%徘徊。在英国，无论是王室还是民众，摆脱金匠商人这种私人银行的束缚都势在必行，成立像英格兰银行这样的公众银行乃大势所趋。

17世纪后半叶，无论是国内还是国外，经济都呈飞速发展之势。这个时候，两起突发的事件更加速了伦敦经济和金融的大发展：

1665年伦敦爆发了大瘟疫，10万人丧生，是当时伦敦人口的五分之一；

1666年伦敦爆发大火灾，大半个伦敦城被焚烧殆尽，又有10万人流离失所。

真的是"祸福相倚"。没有比战争和瘟疫更好的经济模型，两场大灾难推动伦敦经济飞速发展，对英国金融体系有着直接的推动作用。比如，火灾之后，人们开始思考完善火灾保险及相关保险的必要性。1680年，伦敦有了第一家火灾保险公司，随后保险公司雨后春笋般出现，所涉险种花样百出。

之外，灾后重建工作也为伦敦带来了新的生机，伦敦需要浴火重生，城市要重新规划，就业机会良多……17世纪后期，英国出现了移民潮，法国的胡格诺难民、犹太人、荷兰人等大量涌入英国。犹太人、荷兰人带来了大量的外国资本，伦敦成为当时机会遍地的城市。

巨大的商业需求，推动着英国金融体系的更新和货币制度的改革，当时社会背景下，人民手里的资金因为没有一个有序合理高效的金融机构，根本无法实现利益巨大化，需要一个像英格兰银行一样的金融机构，将民众手里的资本收集起来，进行调配。也就是说，将社会剩余资源进行调配，真正顺应了时代的潮流。

英格兰银行生逢其时。

某种意义上讲，英格兰银行是在战火中建立起来的；另一种意义上讲，也是战争直接推动了英格兰银行的建立。频繁的战争是建立英格兰银行的催化剂。

推动英国建立英格兰银行的战争因素，最早可以追溯到1640年至1649年的清教徒革命，又称为英国资产阶级革命。这场革命导致英国确立了资产阶级制度，英国在资产阶级革命之后，一直到1689年才确立了代议制君主立宪制政体，稳定了国内的统治。

50年间，英国进入了殖民扩张的高速增长期。

从1688年奥古斯堡同盟战开始，路易十四欲在欧洲大规模地扩张，因此遭到荷兰和神圣罗马帝国、哈布斯堡王朝、瑞典等国家组成同盟的联合对抗。光荣革命后入主英国的荷兰执政威廉三世成为英国国王，使英国也加入反法阵营，结果法国的霸权遭到削弱。

接下来的一个世纪，英国和法国开始了"第二次百年战争"。

连年的战争，使得英国国库的税收减少，财政入不敷出。王室和政府必须向民众借钱去支援战争。当时因为经济的迅速发展，群众手中聚集了大量资本，但连年政局不稳，外加1672年查理二世"停兑事件"等前车之鉴，使得王室与政府信誉低，借不到钱，这势必需要另想办法从民众手中借钱。成立英格兰银行就是一种筹资手段。

17世纪的西方，不管是政治制度、经济发展还是科学技术，都已向近代转型。战争成本势必会随着科学技术的发展与日俱增，以至于一个国家如果没有发达的工业，没有足够的资本支撑战争，就不可能取得胜利。

伊丽莎白时代战争消耗总额为500万磅，然而到17世纪，光1688年至1697年的英法九年战争的消耗总额，就已经到了1800万英镑。如果不调动国家的资源并对其进行合理分配与利用，建立近代金融体系，就无法在昂贵的战争中取得胜利——他们知道，为战争输血的金融体系，同样是一场看不见的战争。

与此同时，战争也是社会资本重新洗牌的重要方式。在战争中，政府和王室需要金钱支撑战争费用，政府会急剧加税，把财富从大众转移到少数人手中。

战争会造成大规模资本集中，这时借钱给政府无疑是一个上佳的投资方式，并且当时有一部分的辉格党人有着军火商这层身份背景，他们的身份与立场决定他们不会放过政府这个客户，但正因英国政府和王室的信用都太差，商人们不会轻易拿出自己手中的金钱。而成立英格兰银行，以税收作为担保，并且用法律的形式对商人的利益进行保护，同时让代表自己利益的政党执政，这些举措无疑能够免去他们的后顾之忧。

1694年，英格兰银行在炮火中建立，战争对银行的成立具有直接推动作用。

英格兰银行的成立，不仅仅支援了当时的英法九年战争，同时也为英国日后的战争筹款提供了保障。英格兰银行的建立，当时的英国国王威廉三世起了重要的作用。可能我们容易忽略和难以理解的是，威廉三世在成为英国确立君主立宪制、议会制后的第一位英国国王之前，竟然是荷兰执政。因为他的存在，英国、荷兰这两个近代欧洲经济强国，被归入"一个人的名下"。

17世纪的荷兰，建立起了世界上第一个近代银行——阿姆斯特丹银行，和世界上第一个交易所——阿姆斯特丹交易所。换言之，当时的荷兰已经成为世界上第一个现代经济体，率先进行了金融革命，成了当时欧洲和世界的金融资本中心。

可以说，金融革命为工业革命安上了腾飞的翅膀（资本和动力），只有金融革命发生之后才可能有工业革命，世界强国的崛起必然建立在金融革命之上。

没有金融革命的破题，一切都无从谈起。

当时的中国，正值康熙年间，白银早已成为主要货币。纸币虽然早已诞生，银铺、票号、钱庄等信用机构与机关早已为人们熟知，然而始终只是停留于民间的小打小闹。商人之中也诞生了晋商、徽商、豫商等几大帮派，却终究只能归为地方势力，在全国范围并未成气候。

虽然封建王朝的辉煌还未达到顶峰，还有将近一百年的康乾盛世等着这片土地上的人民，对外贸易中国仍占有主导地位，但是作为这个世界上最早诞生货币、发明纸币的国家，中国无论是货币理论还是经济制度，又或者信用机构都全面落后于西方世界，这也为日后100多年的落后与挨打、混乱与抗争埋下了伏笔。

专制的制度下，政治对经济起着主导作用，有权就能有财；而民主的制度下，反过来，有财才能掌权，并且可以控制政府的行政法令、法官的审判、法典里的律令和媒体的导向。

交子发行 600 年后，英格兰银行开始印制英镑纸币。当英镑开始上市并受到人们广泛喜爱时，中国又回到了之前的金属货币（金、银、铜）时代，一直延续至清朝末年。

从英格兰银行栽桑树的举动，不难看出他们的用心至深——那是真正令人尊敬乃至令人景仰的行为。在英格兰银行眼里，桑树叶是世界上最早的货币——交子的原材料。虽然当时没有知识产权，但英格兰银行没有忘掉纪念这段人类金融史。

词条 英国东印度公司

也被称为约翰公司（John Company），1600年12月31日英格兰女王伊丽莎白一世授予该公司皇家许可状，给予它在印度贸易的特权。实际上这个许可状给予东印度贸易的垄断权只有21年。随时间的变迁，东印度公司建立了英属印度，从一个商业贸易企业变成印度的实际主宰者。直到1858年被解除行政权力为止，它还具有行政和军事作用。东印度公司对从英国到印度的路途也有兴趣。早在1620年该公司就声称对南非桌山一带有拥有权。后来它占领和统治了圣赫勒拿岛，又参与占领和建设香港和新加坡，以及雇用威廉·基德对付海盗。另外，公司在印度引入和种植茶。公司历史上其他值得注意的事件包括将拿破仑关押在圣赫勒拿岛上、伊利胡·耶鲁靠东印度公司发财等。东印度公司的船坞为圣彼得堡提供了一个原型，其管理机构的一些成分一直沿用到印度的官僚机构，而其公司组织则是早期股份公司的一个成功典范。《泰晤士报》评论："在人类历史上它完成了任何一个公司从未肩负过，和在今后的历史中可能也不会肩负的任务。"

一场以白银为主角的谜案

在四川彭山江口古镇，一段谚语如阿里巴巴咒语一般，念了 300 年。"石龙对石虎，金银万万五。谁人识得破，买尽成都府。"无数人怀揣咒语与秘籍，舍身求宝，却人财两空。直到 2015 年 6 月 25 日，四川彭山检察院官网刊登了一篇有关"张献忠稀世宝藏被盗掘案"的文章，文章披露了一些重要的盗掘文物的细节。这起被认为是进入 21 世纪以来，"破坏性最大、损失最多、影响最坏"的盗掘案，刑拘了数十人。紧接着，连续三次大规模的文物考古发掘，数万件文物得以重见天日。金册银册数以十计，金币银币数以百计，金器数以千计，银器数以万计。

300 余年了，张献忠"江口沉银"，终由传说变为现实。

1644 年，也就是明清易代这一年，华北鏖战正酣。张献忠率领农民军攻下成都，自立为王，在四川建立大西政权（1644—1647）。张献忠与李自成都是陕西人，两人都是天启末年到崇祯初年大饥荒中起兵造反的。与攻下北京城、葬送明王朝的李自成相比，往南方发展的张献忠乏善可陈，他留给后世的最大"功绩"，就是把四川人杀得没剩下多少。后来，他又有了另一大"功绩"，就是把数不清的金银财宝，秘密地沉入江底。

今天看来，这两起事都有些怪异，甚至匪夷所思，常人难以理解。

后人更为不解的是，当时的条件下，沉银是怎么做到的？《明史》《绥寇纪略》等史料，大略记载了当年的"施工过程"。张献忠先是命令部下在锦江旁边挖一条支流，将原来的河道用堤坝拦腰截断，等河道里的水彻底干涸，河床全部露出来以后，再掘出深沟，把白银等财宝埋在里面，然后重新决堤放流。

为了不让藏宝地泄露，张献忠残忍地把参与工程的人全部杀掉灭口。

天知地知我知。这么周密的"水藏"手法，除了张献忠本人，就几乎没人知道这批宝藏在哪儿了。只是张献忠没想到的是，"人没了，要钱有何用？"

这一过程，看上去大概和我们今天修建水电站差不多，是一个典型的传统的藏宝土法。按说挖一个深坑也可以达到同样的效果，古代这种方法用于藏宝也很普遍，张献忠为何选择"水藏"呢？

我以为，选择水藏与他的性格不无关系。多疑，是张献忠典型的人格心理，无论是杀人还是藏宝，都与他的这一性格特征有关。人多眼杂，将财宝埋在江底，就算有人知道藏宝地点，一般人也只能是望江而叹，心有余而力不足。

张献忠统治四川短短几年间，搜刮了大量白银，并将这些白银全部熔成银锭。为了将这些白银安全地保存下来，张献忠命人砍伐当地质地坚硬、耐腐蚀的大圆木，剖成两半，中间掏空，把银锭嵌在圆木里面，再重新合上，用铁箍箍紧，名曰"银鞘"。

顺治三年，也就是1646年，张献忠被南明将领杨展击败后，仓皇逃窜时将不少银鞘抛入江中，大部分沉在今天眉山市彭山区江口镇。据说，每个"银鞘"大概能装两千两银子。在清代，偶尔还有人从江中打捞出银鞘，意外获财的好事儿虽然不太常见，但足以让人眼红。

古往今来，人类对财富的渴求，有时会渗透至每一个毛孔，只要是听闻有关宝藏的秘密，就趋之若鹜。历史上关于宝藏的传说比比皆是，古今中外有很多至今仍未找到答案的谜案。

虽然大西政权仅存在了短短三年，但是在张献忠死后，有关江口沉银的传说却传得沸沸扬扬。300多年间，人们只知道有江口沉银的传说，却并不知道具体位置。甚至有很多人都认为所谓石龙对石虎的说法，只是民间的一种谣传而已。

"石龙对石虎，金银万万五。谁人识得破，买尽成都府。"如阿里巴巴咒语一般的顺口溜，数百年来说得人们心里痒痒的。不少人为寻求财宝跃跃欲试，有的甚至舍身试水。

两三百年间，很多人慕名来这里找银子，大都无功而返。

慢慢地，当地民间给这一传说取了一个名字，叫"江口沉银"。这个江口，就是指锦江彭山段的江口镇地界。此处地域开阔，是一个大的回水沱。水域旁边就是江口古镇，这里自古是繁华的水码头。按说，稍有一些常识的人，都应该不会将宝藏交付于此。张献忠要的效果，就是"灯下黑"。因为，最危险的地方才是最安全的地方。

史载，1646年，张献忠的部将刘进忠像吴三桂一样弃关，把清兵引进了四川。张献忠见势不妙，决定弃都，携历年所抢的千船金银财宝率部向川西突围。但转移途中猝遇杨展，张献忠的运宝船队被杨展大败，千船金银也在争战中沉入江底。《蜀碧》称："（张）献忠闻（杨）展兵势甚盛，大惧，率兵十数万，装金宝数千艘，顺流东下。"《蜀难纪实》对张献忠沉银数量有过详细描述,称张献忠装载的财富"累亿万,载盈百艘"。当然,金银千艘、百艘可能有些夸张,几十艘应该是有可能的。

杨展曾有一位幕僚名叫费密,是成都新繁人。据传,留下一部《荒书》的费密,曾亲历了杨展和张献忠的江口大战。《荒书》这样写道:"展得献贼所弃江口银鞘,人咸欲之,展亦散与牛、种屯田。"清人冯甦的《见闻随笔》也有类似记载:"献忠之去成都也,辇金银沉诸江,展使壮士乘巨筏探求之,数月,获大镪以巨万计……"清代学者彭遵泗,是与彭山邻近的丹棱人,他的祖父和外祖父等大批亲人都是张献忠据蜀的亲历者。彭遵泗写的《蜀碧》中,详细描述了张献忠被杨展火攻的情形。由于岷江河道狭窄,首尾相接的大船无法骤退,再加上杨展又用枪铳击打,张献忠的船队几乎被烧得一干二净,"所掠金玉珠宝,及银鞘数千百,悉沉水底"。

财宝沉入江底,杨展收获最丰。利用这笔钱,杨展开始招兵买马,成为明末四川割据将领中的老大。彼时,四川大闹饥荒,"斗米价至三十金,饿殍载道,或父子相烹食"。杨展派了上百人到贵州、湖北前后买入数十万石米粮,开始招兵买马、屯田开荒,使农民有田可种。还给愿意当兵的壮年男子每月发钱粮。

时间到了乾隆五十九年(1794)。《彭山县志》记载,江口渔人再获银鞘一件。上报县衙后,当地立刻"派官往捞,数月获银万两有奇,珠宝多寡不一"。岷江水急深广,淘取成本大,最终暂停。《彭山县志》又载,次年,彭山县衙将组织打捞的事件上报给了乾隆。乾隆帝对这种寻宝行为并不支持,《清高宗实录》载,乾隆认为国库充盈,根本不必在乎江底财物,派人打捞反而花费巨大。江口打捞就此叫停。

地方官府仍然蠢蠢欲动。道光十八年（1838），四川官方曾专门派道员勘察张献忠江口沉银处，因为百姓所指沉银地过于分散，最终没找对地方。《清实录》载，到了咸丰三年（1853），翰林院编修陈泰初在《明史》和《四川省志》中发现了张献忠沉银的相关记载，再次提请朝廷设法打捞。清政府此时财政吃紧，颇为重视，谕令时任四川总督裕瑞悉心察访，"博采舆论，酌量筹办"。此次官方打捞究竟有无收获，史无记载。

在民间，江口沉银却一直对百姓有着巨大诱惑。这是因为当地渔船经常能在渔网里发现银锭。清代诗人沈廉曾到四川游览，发现在张献忠沉银70多年以后，当地还有不少人觊觎江中遗物，想方设法下水打捞，不少人因此溺亡。为此，他以诗《江口行并序》叹曰：

江口者，岷江口也。明末孽贼张献忠据成都三载，诛求民物殆尽。鼎革后，献孽运其辎重赴楚，巨舟数百号，连樯衔尾，东至嘉州，直抵江口。先是有武举杨展者，豪勇冠西川，愤贼蹂躏，练集乡兵备贼，至是截之。献孽怒，举火悉焚其舟，金物并沉于江。献孽复集贼党还成都。会王师至，尽歼灭之。西蜀既定，颇有觊觎江中遗物者，竭人力取之，终莫能得，半溺于水，到今七十年矣。呜呼！由此观之，彼献贼之暴，愚民之贪，皆归乌有也。乙未秋，成都杨鸣冈孝廉述其事，爰作《江口行》以志慨云。

岷峨江水清有深，黄金那识行人心。
岷峨之水清且浅，黄金偏著行人眼。
为问黄金何处来，客谈往事真荒哉！

献贼当年荡蜀土，生民甲第成飞灰。
一朝束装贼东走，连樯直下岷江口。
岷江杨展豪勇者，痛愤呼天忍束手。
义旗一举群飞扬，弓刀直掩日月光。
一时天地为震怒，横江截杀势莫当。
旌旗遍野风飕飕，嘉州三日江不流。
烟云黯淡日无色，山川撼动蛟龙愁。
孽贼此时无一可，突怒鼻端欲出火。
狂呼一炬燎群艘，黄金百万归洪涛。
贼众奔忙还锦水，王师歼尽猿与枭。
妖氛靖后七十载，可怜犹见民脂膏。
江流滔滔走如驶，黄金曜日清见底。
贪夫从此智力穷，无冬无夏驱人工。
摸金半入江鱼腹，十无一得空贪欲。
冯夷冷眼笑人忙，孽贼猖狂有余毒。
不贪为宝古所云，世人攘取徒纷纷。
窃国窃钩分大小，斩刈沦溺同亡身。
我闻客言三太息，可备野史传其真。
君不见古来让以天下惟恐浼，世间尚有洗耳沉渊人。

这个沈廉是个云游诗人，自浙江嘉兴起，足迹几遍天下，留有"去题百二关中壁，要看三千里外山"之句，对蜀中地理甚感兴趣，曾写有《蜀游》一集。专家考评其"沉郁中复极纵横，颇得杜陵气骨，一时鲜摩其垒者"。

每至热闹之处，均可见文人前凑，诗人尤甚。江口民间打捞沉银，湖南人陶澍笔下亦有记载。云："至今遗镪卷寒涛，往往掇拾随鱼罟。"陶澍于嘉庆十五年（1810）奉命入蜀主持四川乡试，途经江口。

自清以来，民间打捞江口沉银之状，史书记载颇多。清人陈聂恒在《边州闻见录》中写到，彭山江口这个地方，经常可以捞到金银，以致此处数十户人家以打捞沉银为生。

到了民国，围绕张献忠沉银传说展开的大规模寻宝活动，掀起高潮。

成都市档案馆保存有一份《呈请试办四川江藏补助抗战财力意见书》，这件历史档案还原了当年的细节——1937年，一位名叫杨白鹿的人向政府报告：张献忠离开成都之前，曾在锦江中以"锢金"之法，将大量财宝藏于江底。他还解释，江口的遗金和"江藏"不是一回事。"江藏"，是张献忠主动进行的藏宝。杨白鹿认为，当下正值抗战，"天下兴亡匹夫有责。寇氛未灭，群力当坚"。若能找到"江藏"，自然可以弥补抗战所需军资。

如此惊天动地并且不为私利的献宝，一度惊动了马昆山、范绍增等军界名流，并且得到时任四川省主席王缵绪的允准。对于只有一张图的"孤证"，政府一开始自然也是不敢相信。他们派请专家查阅了相关史料，发现《蜀碧》《鹃碧录》两书所载略同，均提到了"献贼欲败走川北以前，将所遗蜀府金银用法移之于江，涸其流，穿数仞实之，杀石工于其上，然后筑土放流，使人不得发"。

轰轰烈烈的淘宝运动从1939年3月1日正式开始。锦江上下断水、日夜挖掘，最后倒是挖出了民间传说中的石牛，却只淘到几箩筐铜钱，不见银子的踪影。为此专门成立的"锦江淘金公司"，最终因为经费难以为继，淘金草草收场。

时间来到 2005 年和 2011 年，因为民间的疯狂盗掘，经过三次大规模的现代考古发掘，有了惊人的重大发现。包括金银器各类文物数万件，还有张献忠册封妃嫔的金册、印有"西王赏功"的金币等贵重文物。尤其是一枚"蜀世子宝"金印，是国内首次发现的世子金宝实物。专家认定，这是目前国内唯一一枚完整的明代藩王金印。"蜀世子宝"印台边长 10 厘米，厚 3 厘米，含金量高达 95%，方形印台、龟形印纽，印面铸有"蜀世子宝"四字，重达十多斤。

清人陈聂恒在《边州闻见录》中，记载过一事，说当时有人看到一个"斗大金印"出现在岸边，后来又不慎落入深水。说不定，这个"斗大金印"就是"蜀世子宝"。

"蜀王金宝"和"蜀世子宝"都是蜀王府中最为重要的传家宝。史载，皇子封亲王，亲王嫡长子，年及十岁，立为王世子。专家认为，"蜀"字证明这枚金印原为明蜀王府之物，从印文可知这枚金印为明代蜀王世子所拥有，既是蜀王世子的身份象征，也是蜀王府历代世子传用之珍宝。甚为遗憾的是，印已破碎成四块。专家认为，从损坏情况看，应是人为破坏，"这种破坏极可能是张献忠所为，象征着对旧有政权的破坏和颠覆，也可能是张献忠从蜀王府洗劫财富之后为方便携带，直接将其碎成数块。"

"数量大、种类多、等级高、时代长、地域广。"专家如是总结张献忠江口沉银遗址中的出水文物。从时代上看，发现的文物从明代中期一直到明代末期；从地域上看，这些文物北至河南、陕西，南至两广地区，东至江西、安徽，西到四川、云南，范围涵盖了明代的大半个中国。

三次发掘都出土了大量 50 两规格的官银，从银锭所刻文字，可以看出属于张献忠的"大西政权"所制造。这些官银来自乐至、仁寿、乐山、德阳、广汉等地，不难看出大西政权银锭，已经遍及四川各地市场。在考古专家们眼里，"沉银"远不止财富意义。"沉银"面目的揭开，有助于了解张献忠的行军路线、征饷方式，以及与地方官府的关系，甚至从一个侧面反映明末的社会经济、社会生活和经济制度等。

很大程度上讲，关于沉银的研究才刚刚开启。如今的江口边，一个以沉银为主的博物馆正在兴建，张献忠当年秘密沉入水中的大量财宝，将被搬到博物馆陈列，用以纪念那个不堪回首的乱世。

江风徐徐，江水潺潺。逝者如斯，不舍昼夜。考古还在继续，文明仍在前行。以白银为主角勾勒的故事，还远未结束……

词条 张献忠

张献忠（1606—1647），字秉吾，号敬轩，万历三十四年（1606）九月十八日，出生于陕西省定边县郝滩乡刘渠村（古称柳树涧堡）。明末农民起义军领袖，大西政权的建立者。张献忠出身贫苦，崇祯三年（1630），以米脂十八寨响应王嘉胤起义，自称"八大王"，后自成一军。崇祯七年（1634），率部攻信阳、邓州，进入应山（今属湖北）。次年，与高迎祥大举东征，转战豫、鄂、皖各地。崇祯十一年（1638）正月，与明总兵左良玉、陈洪范战于郧西（今属湖北），失利，接受明兵部尚书熊文灿的招抚，驻兵谷城（今属湖北）。次年再度起义。崇祯十六年（1643）攻克蕲州、蕲水（今湖北蕲春、浠水），在黄州（今湖北黄冈）称西王。崇祯十七年（1644）取四川，在成都即位，号大西国，年号大顺，改成都为西京。后清兵南下，拒战不利，退出成都。顺治三年末（1647年初），在西充凤凰山被清兵射死。张献忠统军作战十余年，善于以走致敌，运用远程奔袭、声东击西和里应外合等战法，出奇制胜，为推翻明朝统治起了重要作用。

漫长而短暂的白银时代

源远流长的中国货币，是一个超级复杂的系统，包含着众多子系统和因子。其中，白银自始至终扮演着极为重要的角色，离开白银货币，中国货币历史根本无法书写，而没有对中国货币经济历史的整体性把握，白银货币也绝无说清楚的可能。

据彭信威所著的《中国货币史》，"一直到元末，白银还算不得十足的货币"。彭信威先生这样的结论，显然是基于白银在货币体系中的比重或者权重。

历史细密经纬之中，白银始终是一根连绵不绝又隐匿无比的线。

古代习惯将长且端直的东西称"挺"（视材质定偏旁，如木用"梃"），金银之名曰"铤"，亦是因其整体形状长而挺直，具体形态则有直板、平头束腰和圆头束腰等。目前考古发现的银铤实物，最早为唐代中期，主要作为大额支付和储藏财富的手段使用，还不具备流通职能。到了宋代，白银的使用范围虽有所扩大，但仍非官方的法定货币。

中国古代最早的白银货币起源于何时？这个问题的答案学界很长一段时间难以达成共识，1974年出土的战国时期的"大银板"和"小银贝"，让不少专家的意见更加大相径庭。

1974年7月31日，河南周口扶沟县古城村村民孙本立正在重修老宅，前来帮助一起干活的还有邻居赵根旺。挖地基的过程中，赵根旺挖出了铜壶和铜鼎，他们小心翼翼打开两件器物，里面竟然装满了形状古怪的"金子"和"银子"。

财物面前，孙赵二人为归属问题产生了矛盾，邻里乡亲纷纷赶到孙家看热闹。这热闹一传开，惊动了当地文化部门，考古专家和警察随之找上门来。原来，这铜壶和铜鼎竟装了392块金子、18块银子，均为两千多年前，春秋战国时期的楚国货币。

不少学者认为，那18件带手柄的大银板，就是银质的空首布——空首布是我国最早使用的金属货币之一，流行于春秋战国时期，外形像是青铜铸成的铲子。也有学者认为这些银质的空首布是浇铸后未经修整的银板，和当时一同出土的大批金币一样，作为主人的一笔财富而储藏，不具备货币功能。

河北平山县同样出土了春秋战国时期12枚精巧的小银贝。河北中山王墓出土的战国时期小银贝，在发现时与金匕、金贝、金饰片、银带钩等一起放在墓主身上和棺椁上，可能是一种贵金属陪葬品。史书上的中山国，首次出现在公元前506年，最后出现在公元前296年被赵国灭掉时，《史记》《左传》《竹书纪年》等重要典籍中可以看到关于中山国的记载。

"白银在中国上古时代已有出没"，先秦时期，白银已经具备货币部分职能，只不过还没有成为货币。专家一致认为，同时期的黄金已经开始发挥货币的部分职能，尤其是在盛产黄金的楚国，不但大量使用黄金，还铸造一种被称为"郢爰"的金版。"郢爰"也被普遍视为我国最早的黄金铸币。

西汉时期，黄金更是大行其道，其应用范围之广、数额之大，都是后世历朝历代所无法相比的。翻看当时的文献记载，似乎到处都是金光闪闪，汉武帝"金屋藏娇"，用与真马等大的金马去大宛国求取汗血宝马……恰恰也是这位挥金如土的汉武帝，成了中国历史上第一个推行中央政府铸造银币的皇帝。

汉武帝设计的这套银币，就是传说中的"白金三品"——用银锡合金铸成三种不同面额的银币，设计理念是"以为天用莫如龙，地用莫如马，人用莫如龟"。第一种是最贵的圆形龙币，值铜钱 3000 枚；第二种是方形马币，值铜钱 500 枚；第三种为椭圆形龟币，值铜钱 300 枚。

汉武帝发行"白金三品"的目的很明确：收割权贵，补充军费。除了白金三品外，汉武帝还发行了一种面额更为巨大的钱币：白鹿皮币。据《史记·平准书》记载，汉武帝在元狩四年（前 119），"乃以白鹿皮方尺，缘以藻缋，为皮币，直四十万"。

这一货币理念可谓相当超前，但产生的效果却是"吏民之盗铸白金者不可胜数"。纵然法令严格，"盗铸诸金钱罪皆死"，依然无济于事。无奈之下，这一举措历时仅五年便废止了。白鹿皮币更是昙花一现。

后来，王莽在进行币制改革时，也发行过两种银币："朱提银"和"它银"，后人称为"银货二品"。它们并非单独发行，而是作为一套极度复杂的"宝货制"二十八品的一部分，失败得更加彻底。

与之相比，王莽实行的黄金国有政策，倒是成果斐然。据《汉书·王莽传》记载，到王莽死的时候，宫中尚存六七十万斤黄金（约为现在的三十多万斤），与当时罗马帝国的黄金储量大体相当。

唐代的货币制度是钱帛兼行,丝织品也是重要的支付手段,金银虽然频繁被使用,但还是称量货币,主流货币仍为铜钱。称量货币就是重量货币,没有标准的形态和成色,流通时必须通过鉴定和称重来定价额,与限定面额及成色的标准铸币和计数货币不同。

到了宋代,虽然常用银两,但因为不作流通使用,法律上不被视作货币,所以国家并不垄断其铸造权。比如,2024年初成都博物馆举办的"满庭芳——金银器里的宋代生活"特展上,展出了一种形制特别的白银钱币:银铤。通过其上的刻字便可知是私人销铸,经专人验收后卖给官府,官府再拿去向朝廷上贡。

交子曾以铁钱为本位,会子曾以铜钱为本位。但是,铜和铁终究属于贱金属,加之多次发生钱荒,所以,能够作为基准货币的唯有贵金属。很可能因为黄金过度稀缺,在纸币通胀的压力下,相对丰裕的白银脱颖而出,地位甚至超过了黄金,成为国内外通行的通货。这似乎是一种自然过程。正如钱穆先生所言,"宋、元两代用钞票,均有滥发之弊病",其历史逻辑在于,"在白银作为主角最终登上中国货币舞台之前,从宋代开始曾经有一段并不算短的纸币试验。这一宏大的纸币试验构成了中国金融史的转折点,甚至正是这一试验,最终奠定了中国货币白银化的基础"。不难看出,宋代是因为通胀而引发白银崛起的。

在宋代,社会上到底流通着多少白银,已无从知道。但是白银不仅已经进入普通民众的生活,而且在政府税收中大大增加,"用银而废钱"已是大势所趋。白银已经具备了货币职能,只是朝廷因为种种原因未予承认罢了。

虽然银铤是从元代开始得名"元宝",但元朝的统治者忽必烈及其后人，却更加不愿让白银成为货币——他们大力推行的是纸钞，为此甚至禁止民众使用铜钱。元代，唯有纸币是合法通货，金银铜钱禁止使用。元朝算是古代发钞的集大成者，每每被货币史学者认为占据货币史一席之地，日本学者甚至称其为"空前绝后的货币政策"。元代不仅开创了纯纸币流通制度，同时开创了无限法偿的先例，几乎是后世各国的前驱。这样的货币制度，需要有足够的白银储备。

元代开创的纯纸币流通制度，在当时的世界遥遥领先——要知道，作为英镑前身的英格兰银行券，直到17世纪才登场——然而好景不长，随着元代中后期时局混乱，钞票的滥发和贬值很快就导致了纸币的崩溃。到了明代，朱元璋也试图强力推行"大明宝钞"，不仅严禁民间使用白银，也努力防止民间伪造——为此，每张钞票上都标注了告发伪造者有赏。滑稽的是，告发的赏赐竟是白银。

历史发展往往不以帝王的意志为转移，在钱的问题上更是如此。再出一百条严酷的禁令，也不能解决大明宝钞的信用问题，老百姓要生活，还是得用银钱。到了明英宗的时候，对白银的禁令便已大大放松。1567年，隆庆帝即位后，终于宣布"凡买卖货物，值银一钱以上者，银钱兼使；一钱以下止许用钱"。

至此，白银正式获得应有地位，实现了完全的货币化。也就是说，白银虽然以不同的形式在我国存在上千年，但真正成为货真价实的货币走上前台，也不过400余年的历史。自此以后，直到20世纪30年代，中国经历了大小战争，洗劫无数，始终固守白银，其间银两和银元通用。

白银的放开是一个重要标志。这个时候，海禁也放开了。来自欧洲、美洲和日本的商人们，带来了整船整船的白银，换取中国的丝绸、瓷器和茶叶。据统计，1567年至1644年这段时间里从海外流入明朝的白银总数，大约是3亿3000万两。

巨额的白银流入，滋养着明代中国的社会经济，不仅催生出《金瓶梅》里富得流油的西门大官人，也让风尘女子杜十娘的百宝箱里装满瑶簪宝珥、玉箫金管、夜明珠、猫儿眼……然而，成也白银，败也白银。中国的白银矿藏并不丰厚，甚至远不及邻国日本，因此高度依赖外来白银。而随着明代晚期白银流入量的锐减，银钱比价不断攀升，赋税负担变得愈加沉重，再叠加"明清小冰期"造成的粮食减产，造成了明朝历史的大转折。

经济学者徐瑾在她的著作《白银帝国》里提到，明末李自成的部队从西北起兵，也被一些历史学家认为并非偶然，"因为那是一块远离白银浸润而又饱受饥荒的土地"。

至清代，白银的地位已不可撼动，并且朝廷对白银的使用采取自由放任的态度，国家仅统一铸造铜钱。五花八门的银钱制式在全国各省内部流通着，种类繁多，流通方式也十分复杂。主要的几种，除了50两的银元宝之外，还有重约10两的小元宝，以及馒头形的小银锞和散碎银两等。到康熙年间重开海禁后，外国的各式银元也进来了，清代中国的白银货币形态达到了前所未有的"丰富多彩"。

清政府也尝试过发行自铸银元，但始终都没能挤掉外来的白银货币。这些银元里有来自西班牙的"双柱"、来自法国的"埃居"、来自威尼斯和佛罗伦萨等地的"杜卡通"、来自北欧的"塔勒"、来自荷兰（尼德兰）的"马剑"、来自日本的"龙洋"等。其中，墨西哥铸造的"鹰洋"因成色好、品质稳定而最受欢迎。

数据和名类总是枯燥，不如小说里的故事令人难忘。我们之所以对"银两"的印象如此深刻，大约也和明清小说里俯仰皆是银钱的描写脱不了干系。在《红楼梦》的世界里，更是处处都辉映着银钱的影子。进了大观园的刘姥姥，则成为书中世界里巨大贫富差距的"参照物"——太太小姐们吃着螃蟹喝着酒，赏花吟诗。刘姥姥听到螃蟹的大小斤两，便立刻开始算账：

这样螃蟹，今年就值五分一斤。十斤五钱，五五二两五，三五一十五，再搭上酒菜，一共倒有二十多两银子。阿弥陀佛！这一顿的钱够我们庄家人过一年了。

刘姥姥第一次到荣国府时，凤姐施舍过她二十两银子，令她千恩万谢。在《红楼梦》的结尾，当凤姐去世，家道中落，巧姐也险些被卖掉的时候，是刘姥姥挺身而出，悄悄救走了巧姐。作为荣国府里最能搞钱的女人，在迈入太虚幻境的那一刻，凤姐或许也如梦方醒：白银流淌，不过是大梦一场。

词条 白银时代

16 世纪，南美洲、西班牙、日本的白银大量涌入中国。明末时期，经此贸易路线流入中国的白银至少有 1 亿两。蒙古帝国建立后，一时间东西方商贸繁盛，白银作为国际流通货币，开始大量流向西亚地区。据统计，有元一代，白银外流数目可能达到 2 亿—3 亿两之多，导致明初的白银储备大为降低。明正统元年（1436），朝廷开始试点赋税折算白银，景泰、天顺年间（1450—1464）白银成为主要支付手段，成化（1465—1487）以后，民间交易悉数采用白银，到嘉靖朝（1522—1566），明廷征税几乎依赖于"金花银"了。1618 年，三十年战争爆发，欧洲的大量财富都被战争消耗。17 世纪 20 年代，西欧经济危机爆发，作为商路中一环的明朝实际也受到了影响。同期的日本则在世纪之交终结了战国时代，德川幕府上台，开始奉行锁国政策。17 世纪初期，随着小冰期的到来，北方女真人不断向南攻占土地，明朝境内的农民则是面临日益歉收的土地、不断上涨的银价、无力支付的粮食价格。明廷陷入"收支不均——增税——民变——支出增加——收支不均——增税"的死循环。白银，这个曾帮助明王朝续命的贵金属，又夺走了它的生命。

"钱庄"与"银行"的生动缩影

中国是贫银国,其产银数量究竟多少,可以从明代历朝官修的编年体史书《明实录》记载的银课收入中一窥究竟。

从每年平均银课收入来看,洪武二十三年到洪武二十六年最少,每年平均银课收入为 25070 两,此后激增到 20 多万两又回落。从总数来看,洪武二十三年到正德十五年 130 年间,银课(少量金课)合计 113 万两有余。这意味着明代每年银课收入大约为 10 万两。(徐瑾《白银帝国》)

明代银课在银矿产额中所占的比例,比宋代和元代高,也高于当时的西班牙(一般认为西班牙金税为 1/20,而银税则为 1/10),明代银课一般被认为是银矿产额的 30% 左右,如此可以推算,明代白银产量并不算多,平均每年大约 30 万两。如此少的白银产量,自然无法承担明朝经济货币化的历史重任。事实上,这一重任主要是由大规模流入的海外白银来承担的。海外白银有两个主要渠道:传统上是日本白银,在唐代遣唐使的贡品中往往可以看到白银的出现,而其带回日本的物品中各类钱币也屡见不鲜;更具有意义的则是美洲白银,其通过各种贸易渠道进入中国。

中国白银货币化的进程，不可避免地与肇始于地理大发现的第一次全球化紧密地联系在一起。

16世纪可谓一个分水岭。1492年，冒险家克里斯托弗·哥伦布发现美洲新大陆。1545年，一个叫瓜尔巴的印第安人在安第斯山高地发现巨大银矿山，这座银山被喜出望外的西班牙人取名为"富山"。随着1563年在秘鲁发现提炼银子所用的水银，美洲白银开采全面发力，金融史学家金德尔伯格估算美洲白银最高年产量为300吨。

地理大发现中的银矿满足了欧洲人的贵金属狂想。欧洲人最早为金子而去往新世界，恩格斯曾经说：

黄金一词，是驱使西班牙人横渡大西洋到美洲去的咒语；黄金是白人刚踏上一个新发现的海岸时所要的第一件东西。

随着波托西银矿的发现，银子在1560年后比黄金更受到西方关注，在东方又恰逢明代对于白银渴求难耐之时，美洲白银随之源源不断地流入中国，成为东西历史脉动的新角色。

15世纪明代宦官郑和七次下西洋，中国和欧洲、美洲的贸易关系也在16世纪缔结，从此延续百年。郑和下西洋不仅中国人熟知，海外对于这一事件也大书特书。中国和欧洲在15世纪同时将眼光投向海洋，看似偶然，但其动因却完全不同。这个时候，虽然中国造船技术与航海技术在世界上都处于领先地位，郑和的探索比起欧洲的探索又早了近一个世纪，但是这样的对比于后世基本上没什么意义，其一切努力在历史巨大变迁中几乎渺然无踪。

外交家基辛格在其著作《世界秩序》中，也强调：

郑和原本具有领先优势，对比多元化或者破碎的欧洲，中国的航海技术更为领先，但郑和下西洋更注重与印度、南亚等当地权贵来往，赠予礼物，力图招徕他们进入中国朝贡体系，带回的只是一些当地风物奇珍。

郑和之败，不是因为技术，也不是因为资金。后人考证，郑和船队无论规模还是吨位，都十倍于哥伦布的舰队，但一个是为了炫耀国威，一个是为了探索未知，加上郑和之后没有持续的机制来保证出海，导致最终结果的不同。汉学家费正清就强调，郑和与哥伦布在推动力以及动机上有巨大区别，认为中国船队不仅缺乏绕道非洲前往欧洲的推动力，甚至也没有动力建立贸易据点。

白银浸淫之下的中国明末，经济已经高度商业化，全球白银源源不断地流入，为何未能产生资本主义？这是历史的天问，却对后人充满诱惑，相关研究层出不穷。经济学者徐瑾发现，其中最为著名的提问者有两位。

首先是著名社会学大师马克斯·韦伯，他曾经提出疑问：工业革命为何没有首先发生在孕育了资本主义萌芽的中国？这也就是传说中的韦伯疑问。随后英国科技史学家李约瑟在研究中国的科技发明之际、也萌生了著名的李约瑟之谜：中国发明在古代遥遥领先于其他文明，但为何工业革命没有发生在中国？

继而，徐瑾也开始发问：从韦伯疑问到李约瑟之谜，答案可能是什么？她以为，芝加哥学派信奉复杂问题有简单的答案，但是历史的真相往往是，简单问题往往有复杂的答案。我们都知道李约瑟的《中国科学技术史》，这位出生于英国伦敦的生物化学和科学史学家，同时有几个头衔：美国国家科学院外籍院士、中国科学院外籍院士、剑桥大学李约瑟研究所首任所长。1943年2月24日，经过10个星期的航程后，李约瑟搭乘美国军用飞机从印度加尔各答起飞，第一次来到中国，抵达云南首府昆明。后来，他又以英国皇家学会会员的身份考察中国四川自贡自流井盐业实况。

1943—1946年，李约瑟先后11次考察他眼里神秘的中国，并于1944年在伦敦做了《战时中国的科学与生活》的广播演讲，为中国呼吁国际援助，促使英国文化委员会给予中国大批物资援助。他最大的贡献还在于那本意义深远的《中国科学技术史》，彻底改变了世界对中国的印象与态度。因此，2009年，他与白求恩、斯诺等人一起被评为"中国缘·十大国际友人"之一。

可以说，李约瑟对中国的兴趣或许源自其专业之外一时外溢的好奇心，但是他留给中国的则是数十年的困惑。"这个巨大的理论黑洞，需要无数的解释来填充，而白银则是历史经纬中的隐形一环。"经济学者徐瑾深刻地观察到，白银的流入，引发一系列经济变化：伴随着银本位的确立，欧洲出现了银行，而中国出现了钱庄（明代话本小说中直接命名为银铺）。威尼斯的银行起源于兑换业，最早有中央银行模样的银行在万历十三年（1585）出现于威尼斯，万历十五年（1587）威尼斯利雅图银行成立，负有盛名的阿姆斯特丹银行成立于万历三十七年（1609）。

中国的钱庄与西方的银行，表面看起来平行共生，都是金融机构，但从一生下来就是两个"不同的物种"，所以其命运走向也注定会大不相同。"钱庄"与"银行"，委实成了东西方金融与经济的生动缩影。"年鉴学派"代表人物费尔南·布罗代尔，对同时代的热那亚银行业大书特书，甚至认为其与今天巴塞尔国际清算银行的作用相差无几：

在四分之三的世纪里，热那亚的商人兼银行家通过操纵资金和信贷，得以主宰欧洲范围内的支付和清账。这段经历本身值得大书特书，它肯定是欧洲经济世界历史上有关中心形成的最奇特的例子，因为经济世界环绕的中心点这次几乎是非物质的。（费尔南·布罗代尔《十五至十八世纪的物质文明、经济与资本主义》）

对于中国而言，白银的流入似乎只是流入古代中国惯有制度的历史之中，只有局部的改变，却无制度性的飞跃。对此，徐瑾有一个形象的比喻，"西门庆（明代背景下，《金瓶梅》中的人物）属于白银时代的企业家，却无法走出清河县的历史惯性，源于中国缺乏培育现代企业家的土壤"。也就是说，如果没有制度环境尤其法治环境以及契约精神的支撑，资本主义就无从谈起。

经济史学家们认为，企业家有两类，运用政治权力的以及运用自身组织动员能力的。后一类企业家在新时代与前者逐渐融合，并且能够通过前一类企业家或者政府，来推行有利于自身经商活动的法律。显然，中国古代的制度并不鼓励这样的企业家和企业家行为。

人类商业历史久远，中国也如此，《春秋穀梁传》说："上古者有四民：有士民、有商民、有农民、有工民。"可见，当时商民已经存在，而且排在农民与工民之前，但是之后的顺序则为士、农、工、商。学者余英时认为士、商、农、工是专业分类，"士和商则无疑是当时最活跃的两大阶层"，后世四民的次序为士、农、工、商，则是因"重农轻商"而修改。

对此，钱穆先生曾一针见血地指出：

中国的历史传统，常能警惕地紧握着人生为主而经济为副的低水准的经济观。故谈及经济问题时，常特别注重于"制节谨度"这四个字。节与度即是一水准，制与谨则是慎防其超水准。（《中国历史研究法》）

因此，中国政府对经济的理想标准主要在"平"，其最终标准是"天下太平"。而西方历史主要在求"不平"。说到底，企业家是社会的关键人群，正是在"不平"之中诞生。对此，学者徐瑾同样有着精辟的洞见：

中西企业家面对着不同的制度环境，一种是抑制工商业，一种是致力于保护产权。旧时代的中国，虽然并不缺乏个体致富甚至富可敌国的可能性，但难以滋生群体性推动的制度变迁。正因如此，无论是韦伯所谓讲求勤勉以及禁欲的"清教伦理"，还是桑巴特所谓企业家精神和市民精神结合的"资本主义精神"，类似这些精神在中国或许有零星的火种，却始终难成气候，始终走不"红顶商人"的政商循环，只能产生靠制度渔利的企业家，而

无法诞生推进制度变革的企业家。(《白银帝国》)

20世纪30年代就有人断言,"银价问题乃是中国近代金融经济的中心问题"。最为典型的是,鸦片战争爆发之前,鸦片导致的"漏银"成为不少股肱之臣对道光皇帝的主要谏言。

20世纪初年,日本留学热风靡中国,一名26岁的中国学生在日本京都完成了自己的学业,临别之际,他和他的经济学老师们一一告别,其中一位日本老师为自己的弟子前途着想,直言不讳地告诉他:"中国(China)这个名字只能算是个地理名称,不像个国家。北京政府的政令不能出都门,各省各地区群雄割据,各自为政,各自发钞票铸铜元。你现在准备回到哪个地区去?我看,你要回去,很可能无路可走。"

这名学生受到刺激后,还是毅然决然毫不犹豫地回到祖国,日后成为中国银行界泰斗。他就是资耀华,他见证了白银一步步退出民国货币舞台的历史。至于他的那位老师,也非等闲之辈,是日本著名的汉学家内藤湖南,"唐宋变革论"即由他首先提出。内藤湖南当时的观察其实相当精准,在他的眼里,货币的混乱已经解释了中国政经的萎靡,而这一状况可以追溯到明清之际。

词条　钱庄

旧中国的一种信用机构，主要分布在上海、南京、杭州、宁波、福州等地。在北京、天津、沈阳、济南、广州等地的则称为银号，性质与钱庄相同。另一些地方，如汉口、重庆、成都、徐州等，则钱庄与银号并存。早期的钱庄，大多为独资或合伙组织。规模较大的钱庄，除办理存款、贷款业务外，还可发庄票、银钱票，凭票兑换货币。而小钱庄则仅仅从事兑换业务。到清乾隆年间，钱庄已有相当规模。钱庄大多分布于长江流域及江南各大城市，但钱庄业中心在上海。上海钱庄视资本规模的大小划分为汇划庄（参加钱业公会的钱庄）、非汇划钱庄（不能参加钱业公会的元、亨、利、贞字号钱庄）。清末，银行逐渐兴起，替代了钱庄。新中国成立后，钱庄多数停业。上海未停业的银庄则与私营银行、信托公司一起，实行公私合营，组成公私合营银行。

以明代为例

明代中国犹如一个黑洞，或者像一个旋涡，把全世界的白银都吸引了过来。

人们通常认为，中国是一个自我封闭、自成一体的经济世界，尤其是在明朝于15世纪停止了海上扩张和清朝于17世纪对海上贸易严加限制之后。诚然，尤其是郑和主持的海上贸易活动在1434年突然中止，其原因一直引起许多人的思考。

先前的扩张和后来的收缩，无疑与中国同大陆西北部的蒙古人及其他民族的关系有关，也与明朝迁都有关。明朝迁都到靠近边境的北京，也是为了更好地应对蒙古人卷土重来的威胁。1411年，大运河重新开通，主要用于从长江流域的生产和人口中心，向遥远的北京和边镇供应大米，由此也减少了对沿海海上商路以及航海商人和海军的依赖。南方海上利益集团与北方内陆利益集团之间的政治经济冲突，越来越以有利于后者的方式解决。

与此同时，在中国和日本的沿海，海盗和走私活动日益猖獗，反而加强了内陆利益集团的势力，导致政府对海上商业活动的进一步限制。直到1567年，迫于南方，尤其是福建有关利益集团的要求，这些限制才被废弃。与此同时，1571年，明朝不再与蒙古人对抗，削减了三分之二以上的军队，重新恢复了和北方边疆游牧民族的和谈。

但东南部的海上贸易活动从来没有停止过。非法贸易很快就与"日本人"（其实更多的是中国人）的海盗活动交织在一起，发展得十分兴旺，其交易量远远超过官方的"朝贡"贸易。

日本历史学家、汉学家滨下武志在其《朝贡贸易体系与现代亚洲》与《19世纪和20世纪的日本与中国》两文中，对以中国为基础的独立的亚洲经济做了一个颇有意思的解释。滨下主张把"亚洲历史（看作）一个以中国为中心、以内部的朝贡关系和朝贡－贸易关系为特征的统一体系的历史……（这是）一个有机的整体，与东南亚、东北亚、中亚和西北亚有一种中心－边陲关系……与邻近的印度贸易区相连接"。

滨下是以延续到19世纪的古代中国的"朝贡"体系为中心展开分析的：

中国中心论的观念不单纯是中国的偏见，实际上也是各个朝贡地区的共识……中国人统治地区的周边藩属朝贡地区本身是一种历史的存在，而且这种历史还在延续……因此，所有这些国家彼此之间都保持着藩属朝贡关系，这些关系构成了一种连续的链条。

值得注意的是，该体系的另一个基本特点是，它的基础是商业交换。朝贡体系实际上是与商业贸易关系网络并行存在的，或者说它们是一种共生关系。例如，暹罗、日本和中国南方之间的贸易，长期以来就是靠朝贡使团获得的利润来维持的，甚至有时许多非朝贡贸易几乎得不偿失……中国商人在东南亚的商业渗透以及"海外华人"的迁徙，在历史上与这种贸易网络的形成和发展相互交织、难解难分。

商业扩张和朝贡—贸易网的发展是相辅相成的。东亚和东南亚的贸易关系是随着朝贡关系的扩展而扩展的。应该指出，这种朝贡贸易也是欧洲国家与东亚国家之间的中介贸易……朝贡关系实际上构成了一个多边的朝贡贸易网，同时从这个贸易网之外吸收着大量的商品……总而言之，整个朝贡和地区间贸易区以中国朝贡体系为中心，而且具有自身的结构规则，通过白银的流通而实行着有条不紊的控制。

这个涵盖东亚和东南亚的体系也联结着毗邻的贸易区，如印度、伊斯兰地区和欧洲。

特别值得注意的是，滨下承认："实际上，人们完全有理由把朝贡交换看成一种商业交易……（它）实际上既包含着包容性关系，也包含着竞争性关系，并日益扩大，形成一个覆盖广阔地区的网络。"滨下甚至还认为："整个复杂的朝贡贸易结构的基础，是由中国的价格结构决定的……朝贡贸易区组成了一个统一的'白银'区，即白银成为中国持续贸易顺差的结算手段。"

另一方面，滨下还发现，西方人要想做生意，几乎别无选择，只能加入早已建立的"作为该地区一切关系基础的……朝贡贸易网……在其中（建立）一个切实可行的据点"。但是，这与其说是在谈论实际的对华贸易，不如说是揭示了亚洲的普遍规则：欧洲人唯一的选择，就是把他们的贸易马车挂在亚洲庞大的生产和商业列车上，而这列亚洲火车正行驶在早已修筑好的轨道（即陆上和海上网络）上。

进一步看，2000年来，东亚和东南亚的中国"朝贡贸易网"

一直是更大的非洲—欧亚世界经济网的一个组成部分。欧洲人所做的不过是把美洲纳入这个网络。但是，在哥伦布启航的很久之前，中国人已经在某种程度上做到了这一点，而且获得了珍贵的支付手段。

西方学者贡德·弗兰克认为，"中国贸易"造成的经济和金融后果是，中国凭借着在丝绸、瓷器等方面无可匹敌的制造业和出口，与任何国家进行贸易都是顺差。因此，正如印度总是短缺白银，中国则是主要的白银净进口国，用进口美洲白银来满足自身的通货需求。

谈论货币，不可不谈金银。作为一名革命理论家，马克思对于货币理论也分外热情，他的名言之一就是"金银天然不是货币，但货币天然是金银"。这句话已经为金银的自然属性适于担任货币做出了有力的证明。

从历史来看，白银在西方的使用其实很早就开始，甚至起到过关键的历史作用。众所周知的叛徒犹大，在公元初就为了30个银币而出卖了耶稣。这自然引发人们的愤慨，姑且不论背叛的行为以及犹大被诅咒了2000年，大家愤愤不平的原因之一，还在于背叛的价格不高，银币毕竟不如金币，30个银币到底价值几何？由于具体是何种银币大家说法不一，价值也因此难以确定，有人说是上文提到的罗马银币。后世记载说，犹大用这笔钱买了一块田，但仆倒而死，那块田因而称作"血田"。

美国学者W.S.阿特韦尔认为，明朝政府的灭亡与当时白银进口的锐减有关。从1610年到明朝灭亡的1644年，美洲白银产量下降，中国白银进口大幅减少。1618年至1636年，明廷为对付农民起义和清军入关，将赋税提高了七倍。由此造成流通中的白银减少和银贵钱贱，从而给经济发展带来了灾难性的后果。

16世纪初，世界白银产量每年只有约150万盎司。在16世纪中期，即明嘉靖年间，随着美洲银矿和日本银矿的发现，世界白银产量提高到每年1000万盎司。直到18世纪中叶，即清乾隆年间，世界银产量一直保持在900万至1700万盎司之间。南美洲16至18世纪的白银产量，约占世界总产量的近80%。日本白银矿藏量也极大，在17世纪前，日本白银产量约占世界总产量的20%。

17世纪上半叶，作为中国白银输入主要来源地的日本、西班牙，在外贸政策上发生了变化。在此期间，在中国海域出现了新兴力量——荷兰。1630年之前，荷兰持续对葡萄牙、西班牙的海上商船发动劫掠。在中国沿海，荷兰人持续进行骚扰，多次对澳门发动攻击，与明廷及郑氏海上集团发生大规模武装冲突，影响了海外贸易。

1634年至1635年，西班牙国王推行新的贸易限制政策。1639年至1640年，西班牙在菲律宾屠杀了两万多名中国人，导致马尼拉和中国贸易额急剧下降。荷兰持续封锁果阿和满剌加航道，澳门遭到孤立。1639年，日本德川幕府拒绝葡萄牙船只进入长崎贸易，同时德川幕府禁止日本人进行海外贸易，之后日本白银出口大幅下降。1642年，澳门葡商得知葡萄牙国内爆发反对西班牙王室的战争，停止了对马尼拉的贸易。据此，W.S.阿特韦尔认为：

国际贸易和白银输入导致明朝政府无法解决的困难。明王朝于1644年春天灭亡，虽不能简单解释为由于白银进口的猛烈下降，但白银进口的下降，确实加剧了它的困难和动摇了它统治的基础。

袁灿兴显然不同意这个说法，他认为实际情况并非如此。葡萄牙人被驱逐出日本后，其地位很快被中国商人、荷兰人给取代。虽然荷兰人持续发动骚扰，但此时中国海商与长崎、马尼拉的贸易并未停止。至郑芝龙集团肃清沿海各股海盗势力，与荷兰人达成妥协后，中国沿海商船与马尼拉、长崎的贸易持续进行。

航海大发现之后，中国南方很快融入了全球贸易体系之中。白银大量流入，冲击了宝钞、铜钱的地位。明廷推行的宝钞沦为废纸，各种劣质铜钱充斥于市，大量流入的白银得以货币化。

白银的货币化，活跃了明代的经济，产生了一批商帮，如洞庭商帮、徽州商帮、福建商帮、广州商帮、山西商帮、陕西商帮等。商人通过走海贸易，将国内所产丝绸、生丝、瓷器、药材等行销海外。海外贸易的兴盛与白银的流入，带动了国内手工业生产，刺激了就业与消费，自给自足的小农经济开始向市场经济转变，自然经济向货币经济转化。

白银的大量涌入，为张居正"一条鞭法"的推行提供了必备条件。一条鞭法将田赋、徭役及各项杂税，折为银两征收，淘汰了往日落后的赋税制度。一条鞭法通过支付银钱免去力役，将个体从人身束缚中解放出来，可以从事各领域的生产。白银的流动带来了南方各地的富裕，使富人与士人有财力过上奢华生活，一定程度上脱离对权力的依赖，由此引起思想上的火花迸发，催生了明代有限的思想启蒙。

农民卖出米粮,换取白银,在米粮店遭到各种手法的欺诈。至缴纳赋税时,又被官方以各类手段欺压。而明军以白银发军饷,军人再以白银折价购买粮食,整个过程遭到层层盘剥,"民穷于内,军馁于外,是一法两伤"。辽东巡按熊廷弼目睹两名军人买饭吃,一人说:"我钱少,买饭吃。"另一人说:"我买面吃。"买饭吃的用银五分,买面吃的用银一钱二分。二人都没有吃饱,相对嗟叹而去。

白银货币化之后,它将货币的发行权,从政府转移到了民间。明初一度想通过发行宝钞控制货币发行,进而控制整个社会财富。但到了明后期,政府已失去对货币的控制权,再也不能通过发行货币来掠夺社会财富。

这也是万历帝采取强制手段,派出大批矿监税使奔赴各地,明目张胆地进行白银掠夺的原因。

赋税白银化后,造成的新问题是,它更便利了官员的贪腐,往日赋税,采用本色缴纳时,官员虽有贪欲,却无从下手。改为征银缴纳赋税之后,在白银缴纳时,官员从秤兑、收柜、辨色、倾煎和装鞘等各个环节中,均可上下其手,加以贪腐。在此过程中,从王公贵族到地方官员再到富豪,手中获得了无数白银。(袁灿兴《朝贡、战争与贸易》)

这些白银有部分进入市场流通,用于消费各种奢侈品,还有相当部分被窖藏。袁灿兴先生认为,明代白银窖藏的量虽然巨大,但是相比持续不断流入的白银及官方在宫廷奢侈品消费、军饷开销上大规模抛出的白银,其数量少得多。明代并不存在流通白银严重短缺的问题。来自日本、美洲的白银持续不断地流入中国，由此推高了物价，出现通货膨胀。值得注意的是，将白银加以窖藏，起到了吸纳货币的作用，使得大量流入的白银货币，在短期内未曾造成严重的通货膨胀。

袁灿兴以为，大量输入的白银与整个财政体制脱节，才是根本问题。明末时官方四处征战，手中财力窘迫。官方无力对拥有大量白银的特权阶层征收赋税，只能对平民不断加征；这种现象，在白银流通不足、不能提供更多手工业岗位的北方，表现得尤为明显。北方民众的生存压力日益加深，而物价则在不断上涨。

当遭遇严重天灾之时，无数破产农民为了生存铤而走险，走上暴力求生之路。

当经济无法成长时，海外贸易所得白银的流入，乃是输血；国内权力的无度掠夺，乃是抽血；而与辽东后金、各地起义军旷日持久的战争，则是放血。权力的肆无忌惮，进一步加深了经济危机，而晚明的经济模式，在以手工业产品输出海外换取白银之外，并无其他的经济增长途径，此时各类危机的叠加，导致整个大明朝廷陷入越来越深的困境。

直至最后一刻，农民起义军和清军给予了明朝最后一击，大明这座看似雄壮的大厦，便轰然倒塌了。

白银拖垮了大清

繁荣时期的白银是锦上添花,而衰败时期的白银,就是压倒骆驼的最后一根稻草。

时间流逝到大清王朝,更是走到了白银主宰的世界。

1661年的一封上谕,十分明白地解释了全方位使用白银的原因:纸钞是"虚"的,白银是"实"的,白银比纸钞耐久并可分割。虽然有朝廷的谕令,清初用在纳税和商业交易方面的白银数量,还是有所变化。与此同时,商人长期地控制着白银的供应。《清朝文献通考》卷13载:

> 大抵自宋迄明,于铜钱之外皆兼以钞为币。本朝始专以银为币,夫因谷帛而权之以钱,复因钱之难于赍运而权之以而钞与银,皆为权钱面起,然钞虚而银实,钞易昏烂而银可久使,钞难零析而银可分用,其得失固自判然。

至此,大清上下已经是白银的天下。清朝后期中国东南地区的城市中,通常同时使用银锭和银元,但银元多在核心区流通,银锭则在边缘区域使用。这里所指的"边缘区域"不是指边缘省份,而是指核心省份距离主要港口与交通动脉超过100公里(一个健壮劳动力走路两天可到的距离）的地方。

　　1837年前后，一位名叫王鎏的士人在其《钱币刍言》中记载说，银元主要在中国的东南地区使用。1838年，《清宣宗实录》也说，银元在南方各省如江苏、浙江、福建和广东使用。浙江按察使缪梓写道："西北（因缪梓为江苏人，其所谓之西北，实指江苏西北，即为北方）用银（银两）较广，东南诸省非通都巨郡，市肆未尝有银（银两）。"也就是说，银锭多在中国北方使用，东南各省除大城市外，市场都不使用银锭。如林则徐所记：

　　且奉天山东二省，向不行用洋钱，故上海出口沙船，只有带货北行，并无带洋银前往者。盖南货贩北以取赢，若带洋银，全不适用。是以不待禁止，而人皆不肯为。（《林文忠公政书》）

　　由于与南方各省之间的贸易逆差，北方省份如山东和奉天，虽也是沿海省份，并不使用外国银元。长江以北的广大地区，白银价格按照银锭来定价。在中国北方，只有那些拥有权势或财富的家庭才使用银元。在朝廷重臣和珅被查抄的财物中，有5.8万枚外国银元存放在当铺或钱庄，另外还有大量的银锭、铜钱和黄金。这个时期，银元和银锭的使用，已经遍及整个大清王朝。

　　随着朝廷的日子愈发捉襟见肘，银子的用度也日渐短缺，就是皇帝也感受到了银两不够用。1838年刑部侍郎黄爵滋哀叹道，尽管道光皇帝生活上比他的父亲和祖父都要节俭，但国库却日渐亏空。

　　臣维皇上宵衣旰食，所以为天下万世计者，至勤至切；而

第15章　白银时代震荡波

国用未充，民生罕裕，情势积，一岁非一岁之比，其故何哉？考诸纯庙之世（乾隆朝），筹边之需几何？巡幸之费几何？修造之用又几何？而上下充盈，号称极富。至嘉庆以来，犹征主裕，士夫之家以及巨商大贾，奢靡成习，较之目前，不营霄壤。岂愈奢则愈丰，愈俭则愈啬耶？臣窃见近年银价递增，每银一两易制钱一千六百有零，非耗银于内地，实漏银于外洋。

乾隆末期清朝国库存银 7800 万两（合一亿一千一百五十四银元），道光末期下降到 800 万两（合一千一百四十四银元）。其主要原因在于中国白银的流失。1814 年至 1856 年，中国白银外流量达到了中国白银总供给量的 18%。19 世纪前期，白银外流使整个中国都陷入了贫困。

这一现象一直延续到大清末年。跟明代惊人的相似，白银最后拖垮了大清王朝。都是白银惹的祸？其实，从清制不难看出，清朝基本上把明代的政治制度原封不动地继承了下来，并且千方百计使这个制度更加完备。因而我们可以说，朱元璋不只开创了近 300 年的大明基业，连大清王朝也可以算作他政治思维的产物。

白银，只是其中的一个典型而已。大清后来走了大明同样的灭亡之路（也是 2000 多年来所有帝制之路的缩影），也就不难理解了。路径不一，表现形式各异，但最终的结局，却是殊途同归。

参考文献

贾大泉、陈世松主编：《四川通史（五代两宋）》，四川人民出版社，2010 年。
粟品孝主编：《成都通史：五代两宋时期》，四川人民出版社，2011 年。
施展：《枢纽：3000 年的中国》，广西师范大学出版社，2018 年。
张笑宇：《技术与文明》，广西师范大学出版社，2021 年。
张笑宇：《商贸与文明》，广西师范大学出版社，2021 年。
张笑宇：《产业与文明》，广西师范大学出版社，2023 年。
彭波、施诚：《千年贸易战争史》，中国人民大学出版社，2021 年。
徐瑾：《白银帝国》，中信出版社，2017 年。
杨照：《讲给大家的中国历史 03：从列国到帝国》，中信出版社，2018 年。
[苏联] 捷连季耶夫－卡坦斯基：《从东方到西方》，商务印书馆，2012 年。
郭建龙：《中央帝国的财政密码》，鹭江出版社，2017 年。
章夫、凸凹：《锦江商脉》，四川文艺出版社，2011 年。
黄仁宇：《我相信中国的前途》，中华书局，2015 年。
刘刚、李冬君：《文化的江山》，中信出版社，2019—2023 年。
[美] 刘子健：《宋代的中国改革：王安石及其新政》，上海人民出版社，2022 年。
张宏杰：《简读中国史》，岳麓书社，2019 年。
[法] 魏义天：《粟特商人史》，广西师范大学出版社，2012 年。
荣新江：《中古中国与粟特文明》，生活·读书·新知三联书店，2014 年。
王申、王喆伟：《交子：世界金融史的中国贡献》，中信出版社，2024 年。
武斌：《西方典籍里的中国》，中央编译出版社，2024 年。
交子金融博物馆编著：《交子》，西南财经大学出版社，2023 年。
祝勇：《盛世的疼痛》，东方出版社，2013 年。
刘三解：《青铜资本》，北京科学技术出版社，2023 年。
[日] 田家康：《气候文明史》，东方出版社，2023 年。
李舫：《大春秋》，长江文艺出版社，2021 年。

张光直主编：《中国文化中的饮食》，广西师范大学出版社，2023年。
汪圣铎：《两宋货币史》，社会科学文献出版社，2016年。
汪圣铎：《两宋货币史料汇编》，中华书局，2004年。
刘森：《中国铁钱》，中华书局，1996年。
彭信威：《中国货币史》，上海人民出版社，2015年。
高聪明：《宋代货币与货币流通研究》，河北大学出版社，2000年。
阎福善、高峰英、袁林、周廷龄编著：《两宋铁钱》，中华书局，2000年。
车迎新主编：《宋代货币研究》，中国金融出版社，1995年。
漆侠：《宋代经济史》，上海人民出版社，1988年。
贾大泉：《宋代四川经济述论》，四川省社会科学院出版社，1985年。
林文勋：《宋代四川商品经济史研究》，云南大学出版社，1994年。
脱脱等：《宋史》，中华书局1977年点校本。
李焘：《续资治通鉴长编》，中华书局2004年点校本。
徐松辑：《宋会要辑稿》，中华书局2006年影印本。
李心传：《建炎以来系年要录》，中华书局1988年点校本。
陈均：《九朝编年备要》，上海古籍出版社影印文渊阁四库本。
李埴《皇宋十朝纲要》，台湾文海出版社"宋史资料萃编"影印本。
杨仲良：《续资治通鉴长编纪事本末》，台湾文海出版社"宋史资料萃编"影印本。
司马光：《稽古录》，上海古籍出版社影印文渊阁四库本。
马端临：《文献通考》，商务印书馆万有文库十通全书本。
曾巩：《隆平集》，台湾文海出版社"宋史资料萃编"影印本。
吕祖谦：《历代制度详说》，上海古籍出版社影印文渊阁四库本。
高承：《事物纪原》，中华书局1989年点校本。
李心传：《旧闻证误》，中华书局1981年点校本。
朱熹：《五朝名臣言行录》，台湾文海出版社"宋史资料萃编"影印本。
祝穆：《方舆胜览》，台湾文海出版社1981年。
王象之：《舆地纪胜》，四川大学出版社2005年点校本。
张方平：《张方平集》，中州古籍出版社1992年点校本。
司马光：《司马文正公传家集》，商务印书馆四部丛刊本。

王珪：《华阳集》，商务印书馆丛书集成初编本。
曾巩：《曾巩集》，中华书局1984年点校本。
苏颂：《苏魏公文集》，中华书局1988年点校本。
苏辙：《栾城集》，上海古籍出版社1987年点校本。
王存等撰：《元丰九域志》，中华书局1984年点校本。
刘挚：《忠肃集》，中华书局2002年点校本。
常璩：《华阳国志》，巴蜀书社1984年校注本。
陈寿撰，裴松之注：《三国志》，中华书局1973年点校本。
全汉昇：《宋代寺院所经营的工商业》，载《中国经济史研究》，中华书局，2011年。
王凯迪：《千年前的"中阿合作"：阿拉伯人在长安》，国家人文历史微信公众号2024年5月30日。
郭晔旻：《舟舶继路、商使交属：古丝路上的阿拉伯商队》，国家人文历史微信公众号2024年5月31日。
赖存理：《唐代"住唐"阿拉伯、波斯商人的待遇和生活》，《史学月刊》1988年第2期。
魏华仙、徐瑶：《宋代四川地区饥荒述论》，《中华文化论坛》2014年第6期。
方燕：《流言与北宋蜀地治理》，《四川师范大学学报（社会科学版）》2018年第5期。
魏华仙：《宋代官府力量与成都节日市场》，《四川师范大学学报（社会科学版）》2013年第1期。
何平：《世界最早纸币成都"交子"产生的信任机制与"官方交子"发行的历史意义》，《光明日报》2023年9月11日。
奉友湘：《交子之父薛田与〈成都书事百韵〉》，封面新闻2021年3月31日。
《古纸：用成都楮纸印制交子》，《成都日报》2010年3月1日。
朱文建：《浣花溪：老成都的造纸中心》，《成都晚报》2016年9月3日。
朱莉丽：《域外文献视阈下的明代朝贡礼仪——以紫禁城礼仪空间为中心的分析》，《复旦学报》2024年第2期。

后记

交子拓宽的天与地……

01

这是我写得比较费力的一本书，题材早就想好了，一直迟迟难以入手。

直到交子即将迎来千年诞辰时，没有退路了，才不得不动笔。虽然准备了很久，但真正进入正题写起来，还是有些畏难情绪，关键时刻甚至有一种"写不下去"的感觉。

近些年来，写了一些涉及历史符号和成都符号的文字，原本以为可以很轻松地驾驭这个题材，没想到身涉其中，还是有些心有余而力不足。

这种状态，之前是从未有过的。

02

我以为，关键还在于对历史中的"交子"二字理解不深、消化不力。

真正喜欢历史类写作，还是近十年来的事。虽然也出了几本与历史有关的书，但我自己知道，准确地说，那只是历史的皮毛。书读得不系统，写作也全凭兴趣。因为没有章法，往往把新闻事实与历史事实混搭，以至很多时候都在"穿越"。

章夫

我的历史写作有一个习惯,就是有了心得和灵感之后,按照主题构思章节,再一个片段一个片段地变成文字,写好后存放在电脑里。我的电脑就像主妇的冰箱一样,各种不同的格子存放什么样的东西,分门别类一目了然,哪些该冷藏哪些该冷冻,也各有安排。等到了时候,想吃中餐或是西餐,从格子里将事先藏好的"预制菜"拿出来,解冻之后,再慢慢搭配,调制出自己认为还算美味的东西。足矣。

可以说,我的一些几十万字的大书,大多都是这样完成的。

03

写作本身就是一件很个人的事。我固执地认为,每一个作者都有自己的写作方式,在迎合读者的同时无形中也引导读者,再错也错不到哪里去。

学者刘瑜有一段话令我印象深刻。大意是,以碎片化的方式去分析某些历史事件并不难,难的是把无数历史事件和人物给整合起来,把"历史故事"构思成好看的"理论故事"。对此我深有同感,这些年我所致力的,基本上也是这样的"理论故事"。

这也就是我所理解的"史识"。

04

应该说,本书中的一些片段早在数年前就已经成稿了。就像大珠小珠落玉盘的珠子,只不过没有找到一根线来把这些珠子"串"起来,所以它们就一直躺在属于自己的格子里,等待调配。

或许当年精力充沛,前不久翻看电脑,我甚至还看到20世纪90年代存放在格子里的陈年老物,有的至今还没派上用场,也不知道它们有没有面世的那一天。有这个"大冰箱"保鲜，还好，我的眼里它们一定不会超过保质期。

家里有几个不同年代的电脑，存放着不同年代的文字，估计等我闲下来系统整理那些躺在格子里的文字时，一定会很亲切。

05

交子这个题材，很早就在我的视野范围内。起先只想到了写交子与成都，顶多旁及大宋时代。那时以为，交子只不过是时局倒逼的产物，昙花一现罢了。后世赋予它的那些"大词"，我以为大都是一些幻想出来的，并没有多少实在意义。

直面历史，交子虽是世界上最早的纸币，但直到中华民国，我们不还是在使用"袁大头"（以袁世凯为头像的银元）吗？也就是说，真正的纸币在我们这个古老的东方国度全面使用开来，也不过百年。

那，交子的意义何在？

为什么纸币直到民国才迟迟全面登场？我的理解，盖因社会的信用体系不完善。如果人们不相信它，信任网络没有建立起来，再精美、花哨的纸币也只是废纸一张，不管用的。

美国人查尔斯·蒂利在《信任与统治》一书中，这样给信任网络定义："由共同的纽带，直接或间接地联系在一起的人群组成的一个网络，网络成员共同承担一些重大而长期的事业。"

这种信任网络，就是西方社会所倡导的"共同纽带"、所坚守的"契约精神"。

"无远近行用，动及万百贯。"交子的公信力，来源于北宋时成都地区特定时期的信任网络。交子未能存续下来，恰恰正是这种"契约精神"的逐渐缺失——因为,家天下的很长一段历史时间里,我们一直没来得及形成共识。

06

这样的心境之下,写出的东西很难有突破。如果勉强写下去,就太中规中矩了,从历史到历史,不但有局限性,自己也会少了许多激情与乐趣。那不是我所期望的。

还不如再去博物馆找感觉。

我一头扎进了成都的博物馆。既有官方的也有民间的,成都茂盛地生长着数百家不同类型的博物馆,这让人很受用。博物馆真是个好东西,我经常徘徊于此,久久不愿出来。无论是身居闹市的成都博物馆,还是蜗居郊区的朱成石刻艺术博物馆,我都是常客,它们是我百读不厌的教科书。

我曾经尝试将里面的东西拍下来带回家,以为可以减轻往返劳顿,但往往遇到一个选题,还得回到博物馆找答案。

博物馆是一个气场,也是一个世界。在一件件可以触摸的古老而鲜活的文物面前,你真的可以与先贤隔空对话,那些文物有如他们的肌肤。你所接收到的信息和受到的刺激与冲击,是"带回家"的图片和视频远远无法比拟的。

我常常凝神于某一件文物出神,思绪很容易跟随这件文物回到它活着的时代,想象着天边一幅幅鲜活而生动的画面……那种穿越、意境特别美好。

这是一种参禅,如果不身临其境深度参悟,很难体味到其中的意趣。

于交子这个题材而言,特别要感谢位于成都城南交子大道尽头的交子金融博物馆。身处交子公园的这个博物馆不大却很专业，只需几个展厅，就将交子的历史过往、前世今生，交代得十分到位，给了我很大启迪。

我对交子的整体把握，多是在这里找到的。

07

瀑布之所以壮观，是因为没有退路。

于是又推倒重来，将思维铺开，将交子这个特殊的"金融符号"，放大到时代——社会——政治中去考量，这样的交子才是立体的、多元的、可知可感的、有温度且理性的……总之，我试图跳出单纯的经济现象和历史现象去感知这个题材，用全新的思维逻辑去构造这本书。

严格而言，这时我眼里的交子，很大程度上只是一个引子。人文、地理、社会、历史、经济等诸学科，这个引子穿针引线，叠加与赋能，引导我在更广阔的领域去捕捉去挖掘去审视去研判。

不管壮观与否，当这些文字出现在你面前之后，我已经没有了评判的资格，更没了退路。

08

"人其实很矮小，是因书垫高的。"我不知道这句有一定哲理的话最初是谁说出来的，我只知道我的好友海泉经常用这话调侃我。一脸坏笑的他，每每向旁人介绍我时，都意在突出他自认为得意的同一句话，"他著作等身，是因为个子不高"。

其实，此时想到这句话，不是想证明我出了多少书，是想说明我读过的书，是可以给自己增添一些底气的。这些年来，阅读，已经成为我的一种生活方式。我自认为不是一个特别聪明的人，但还算勤奋。善于学习，切问近思，不仅是数十年记者生涯养成的习惯，也是我读书过程中的一大习好。

09

我们这代人所说的读书，一定是可以拿在手上的纸质书。把玩于手指间的纸书，带给我很多乐趣。古人云，临渊羡鱼，不如退而结网。当心里空荡荡的时候，就转向书本要动能。

于是乎，静下来读书、有目的地读书便成为自然。

我有一个习惯，每每碰到一本心仪的书，便会不自觉地拿起一支笔，阅到深处，不自觉地画上几笔，要么是此时所思所感，要么是为书中佳句所动。我以为，一个会读书的人，他手里一定会拿一支笔，把一些困惑、一些所得都写在空白处。

我们可能不是太在意，一本好的书一定留有很多空白处，是因为阅读者在阅读一本好书的时候，会以抒写的方式将很多情感表达出来。在空白处跟作者产生一种特殊的对话与共鸣。

在绵软的成都，随时会有一种想拿一本书的冲动。我，就是那样的人。

甲辰龙年春节，我几乎没有休息，书和电脑一直伴随左右。穿梭于历史与现实之域，往来于墨香与节日之间。回想起来，这样的休闲日子很受用，既刺激也难忘。把春节全部的温馨时光交给了交子，交子真的成了我心中的"娇子"了。全心感受那种痛并快乐的牵挂与享用，也不失为一种修行。

10

好在读了一些书。

写作本书最大的收获,是感到自己的不足,看的越多,越觉无知。

本书参考了大量的史料,更参阅了不少经济学、金融学方面的书籍。这里特别值得一提的是,施展的《枢纽》和张笑宇的"文明三部曲",还有郭建龙的"帝国三部曲",经济学者徐瑾的《白银帝国》,对宋史研究有独到见解的吴钩先生的作品,历史学者刘三解的《青铜资本》等,使我对一些既有的经济原理和经济现象有了更深的理解,甚至思维方式都发生了变化。

他们对历史的洞察和对世界的研判十分老到,到了信手拈来、举重若轻的程度。特别是张笑宇、郭建龙上百万字的三部曲,我如同看小说一般卷不离手。他们将很多经济学术语通过故事表现出来,深入浅出,用一个个通俗易懂的故事,将一些高深莫测的经济学知识,形象而生动、精彩而通透地和盘托出。因而我在书中也情不自禁地引用甚至摘录了其中的一些精彩文字,他们的作品为本书提供了很好的养分。

11

这里还要特别感谢一个人,著名历史学家谭继和先生。

很意外也很感动的是,八秩之龄的谭先生乐意为序。半年前,当我以一个晚辈的身份,十分忐忑地给他电话时,没想到他几乎没有任何含糊,一个"好啊"就轻飘飘地答应了。

之所以"十分忐忑",一是想到他年事渐高,怕他已经封笔;二是因为我知道他对巴蜀历史研究颇深,因为我的文字风格，我也不希望序言是教科书般的模样。

电话里交流时，我不断向他请教，反复说明"这不是一本严肃的历史图书"。没想到数年未见，依然耳聪目明的他听出了我的诉求，谦逊地说"我可以试一试"。

十分健谈的谭老，还特地说起他"刚刚脱稿《巴蜀文化通史》"，"已经下厂了，到时候出来送你一本"。我将书稿发他后，他保证"抽出时间，一个月完稿"。

我知道，他释放出的这些信息，是想充分向我明示，他还没有"老"。

这让我很欣喜也很感慨。在我的认知里，谭老是巴蜀历史学界的泰斗级人物。他曾就读于四川大学历史系，从本科到研究生，我们眼里的"科班出身"——可以说，历史就是他的宗教。

谭老眼里，我写的那些也配叫作历史的文字，会是一个怎样的面目？甚至可以这样说，或许他眼里的历史和我辈眼里的历史，根本就是两条道上跑的车，交不到一起的。在我的眼里，历史并非高高在上，历史是人学也是文学，既然这样，就应该有多种表达方式，使其不断向新。但，一个在历史世界里爬梳一生的八旬老人，他心里的历史写作或早已成型，你还要班门弄斧去卖弄你的历史写作？

所以，我心里真的没底。

他能够为交子写一些话，我当然很开心。但令我意外的是，虽已经八十多岁，谭老的思维却越来越"轻盈"，其文字也越来越"随时代"。他看待世界、阅读历史的眼光和对后学的殷殷之情，令我感动莫名、感慨万端。相信诸君已经从他的序言中领教过了，在此无须我再多言说。

谁说白发绕顶的谭老老矣？他的睿智一直行进在年轻的轨道上。

12

在我的眼里，历史像一幅气势磅礴的浩帙长卷，它的可圈可点，在于一往无前、无私无畏的生动笔墨，更在于那些波诡云谲的怪笔、柳暗花明的曲笔、旁逸斜出的神笔，它们突如其来，却酣畅淋漓。

按照历史学家霍布斯鲍姆的说法，一切历史其实都是当代史，只是穿上了炫目的外衣而已。历史书写者所能做到的最好状态，就是把最接近的当下，写成最真实的历史；反过来说，也是把最真实的历史，写成最接近的当下。

为了弥补相关知识的不足，我决定扬长避短。除了坚持一贯的表达之外，还要一味地力争坚持写故事，将那些政治的、经济的、社会的、人文的……统统融入各式各样的故事中去。因为我知道，为了读者轻松地阅读，精彩的故事无疑就是最好的"佐料"。

新闻是历史的初稿。很多"现实的问题"其实是"历史问题"的拉伸，新闻如果做到最深处，其实是在探究历史。"放弃大时代的幻想，选择小时代的日常"的历史学者王笛也认为，做学问，最大的乐趣是洞见和通透，前者决定了深度，后者意味着开阔。

我深以为然。

透过"千年交子"的读与写，我知道，是交子拓展了我思维的瓶颈，也是交子拓宽了我心中的天地。

13

最后要特别感谢的，是另外几位深度参与本书的创作成员。

其一是四川人民出版社的邹近先生，80年代末出生的他看上去还像一个大学生，思维却不一般。作为责任编辑，他对本书选题的判断、章节的安排，还有书籍的装帧，都提了很好很中肯的见解。年轻人思维活跃，既前卫也老到。整整一代人的距离，我们却谈得十分投缘。不禁暗自思忖，我还未老。

尤为值得一提的是，邹近还与我就书名进行了多次探讨，他身上体现出的专业与执着，让我平添几分感动。我还要感谢本书的另外两位责任编辑唐虎先生和勒静宜女士，以及宣发负责人、我的老朋友段瑞清先生，是他们的辛苦付出，这本书才终于在2024年，交子诞生1000年的时候，顺利付梓。在"极简化阅读"风靡和"无内容不视频"的"碎片时代"，每况愈下的出版业能有这些沉得下心、坐得了冷板凳的青年才俊，是一家出版社的幸事，也是作者、读者和社会之福。

因为阅读，是人类在文明社会不断向前向上的重要标识。

还有本书的整体创意朱勇先生。我这里之所以特别用"整体创意"，而没有用封面设计或版式设计来表述，是因为他对这本书的理解有着不一般的视角。

一本纯文字类的书要吸引读者，在他眼里，创意尤为重要。

极简，是最考验创意与设计的。何况这本书从千年前的宋代源起，也正好以此向"极简的宋代美学"致敬。我们一起跑博物馆找感觉，一起探讨用哪个元素来贯穿书的始终最为精准……于是才有了呈现在你面前的这般模样。

封面和上中下三卷的卷首，无疑是朱勇创意的高光部分，每一帧图片，每一处涂鸦，每一抹色彩……都是他精心考量过的。

总之，我很喜欢。

朱勇眼里，一本书肯定不仅仅只是几十万汉字堆积而成的"字库"，它是一款产品，更是一件艺术品。

我更高兴地看到，年轻的邹近也很认同。

14

与他们交流的过程，本身也是一种享受的过程。这，很容易让人忘记码字期间的苦乐与冷暖。

因为，今天能够捧读书本的人，一定是静得下心且懂得欣赏美的人。

虽然我是本书署名的作者，这里我特别要说的是，其实，他们也应该是本书的主创者——包括前面我要感谢的那一串长长的名单。

作者、编者、创意设计者三位一体，同频共振，才有了这款成品书的呈现，三者缺一不可。

为什么我们要如此展示自己？只为这世界有舞台。

龙年初夏于成都之南锦官新城得一斋